光文社文庫

文庫オリジナル／長編青春ミステリー

焦《こげ》茶《ちゃ》色のナイトガウン

赤川次郎

光文社

『焦茶色《こげちゃ》のナイトガウン』目次

●主な登場人物のプロフィールと、これまでの歩み

第一作『若草色のポシェット』以来、登場人物たちは、一年一作の刊行ペースと同じく、一年ずつリアルタイムで年齢を重ねてきました。

杉原爽香《すぎはらさやか》……四十七歳。中学三年生の時、同級生が殺される事件に巻き込まれて以来、様々な事件に遭遇。大学を卒業した半年後、殺人事件の容疑者として追われていた明男《あきお》を無実と信じてかくまうが、真犯人であることを知り自首させる。二十七歳の時、明男と結婚。三十六歳で、長女・珠実《たまみ》を出産。仕事では、高齢者用ケアマンション〈Pハウス〉から、**田端将夫**《たばたまさお》が社長を務める〈G興産〉に移り、老人ホーム〈レインボー・ハウス〉を手掛けた。その他にもカルチャースクール再建、都市開発プロジェクトなど、様々な事業に取り組む。

杉原明男……旧姓・丹羽《にわ》。中学、高校、大学を通じて爽香と同級生だった。大学時代に大学教授夫人を殺《あや》めて服役。その後〈N運送〉の勤務を経て、現在は小学校のスクールバスの運転手を務める。

杉原珠実……爽香が三十六歳の時に出産した、明男との娘。利発な小学生。

久保坂《くぼさか》あやめ……〈G興産〉の社員で、爽香をきめ細やかにサポートする頼もしい部下。画壇の重鎮である堀口《ほりぐち》豊《ゆたか》が夫だが、入籍はしていない。

杉原涼《りょう》……爽香の兄で故人の杉原充夫《みつお》と則子《のりこ》の長男。カメラマンを抱える事務所に勤めている。有能な社会人の姉・綾香《あやか》と短大生の妹・瞳《ひとみ》と同居している。大学の写真部で知り合った岩元《いわもと》なごみと交際中。

杉原瞳……涼の妹。短大の声楽科に通う。

岩元なごみ……杉原涼と交際中。写真の配信サービスをする会社に勤務。望月《もちづき》が編集部長を務める編集プロダクション〈Q〉と仕事をしている。

増田《ますだ》……爽香が通うコーヒーのおいしい喫茶店〈ラ・ボエーム〉のマスター。

中川《なかがわ》 満《みつる》……爽香に好意を寄せる殺し屋。〈ラ・ボエーム〉の〝影のオーナー〟。

――杉原爽香、四十七歳の冬

1　空白のとき

何もしたくない。

何も考えたくない。

どこへも行きたくない。

——そんなことがあるものだ。

まあ、誰にでも、というわけではあるまい。

人によっては、「そんな時間のむだはしない！」と言うかもしれない。

それでも、疲れ切って、生涯に一日ぐらいは、何もかもいやになってしまうという経験をしてもふしぎではない。

——彼は公園のベンチに座っていた。

公園にいたかったわけでも、公園で何かしていたわけでもない。

他にいる所がなかった。それだけのことだ。

いや、公園だって、誰からも放っておかれるとは限らない。

ここをいつも寝場所にしている人間もいるだろう。——ただ、今夜はひんやりとして、いつ雨が降り出すか分らないので、敬遠しているのか、他に誰もいない。

そして、夜中に、この辺を見回っている警官だって、入って来るかもしれない。

そして、彼がポツンと一人でベンチに腰かけているのを見て、

「どうかしましたか?」

と、声をかけてくるかも……。

しかし、今夜はそれもなかった。

公園からは、遠く高架の電車が眺められた。

時間が遅くなるにつれ、高架を走る電車が減っていき、ついに全くなくなってしまった。

「——なくなったんだ」

と、彼は呟《つぶや》いた。「何もかも。——俺と同じだ」

そして、こんなに惨めな気分なのに、彼——井田和紀《いだかずき》はベンチでウトウトしてしまった。

眠いという意識もないのに、こんなところで……。

フッと気が付くと、身震いした。体が冷え切っていた。

ああ……。風邪ひくな、これじゃ。

いっそ凍死でもしてしまったら、と思ったが、東京《とうきょう》都内ではそこまで寒くならないだろう。

それに、井田は本気で「死にたい」とは思っていなかった。——たぶん、そうだ。

「何時だろう」

と呟く。

ケータイも持っていない。周りを見ても時間の分るものはなかった。

ただ、もう冬が近い時期で、朝が遅くなっているから、まだ真暗だった。

ここでこうしていても、冷えるばかりだ。

「よっこらしょ……」

つい、そう言ってしまって、苦笑する。

まだ俺は四十七だ。四十代で、立ち上るのに「よっこらしょ」か……。

公園を出たものの、どこをどう歩いて来たのか、思い出せない。この辺は全く知らない景色だった。

「しかし……あっちに電車が見えてたから……」

ともかく、我が家への方角は見当がついた。

北風が吹きつけて来て、井田は首をすぼめた。

ともかく歩こう！　寒くてかなわない。

そのとき、公園の中へ入って行こうとする男がいて、井田はすれ違った。

汚れたコートを重ね着して、ビニールの手さげ袋を、引きずるようにしていた。

井田の方をチラッと見た、その目だけが見えた。暗い、気力のない目つきだった。

俺もあんな風なのだろうか。

いや、俺はまだ——まだ大丈夫だ。

失業者だが、家はある。妻もいる。

「いる……だろうな」

夜中だ。出て行くとしても、朝になってからだろう。

尚子《なおこ》……。お前も可哀そうだ。

こんな、取り柄のない男と結婚して。

娘は大学に入ると同時に、一人暮しを始めてしまった。

父親が失業しても、家へ帰って来ようとはしなかった。

しっかりした娘で、中学、高校の間に、少しずつこづかいを貯め、高校生のときはアルバイトまでして、「親に頼らず」大学生活を送っていた。

梨花《りか》の奴……。あいつは子供のころから、さめていた。両親がうまく行っていないことを、ちゃんと分っていた。

「お父さんとお母さんみたいになりたくない」

と、面と向って言っていた。

「生意気な奴だ……」

と苦笑する。

しかし、梨花が今の井田を見ないでいてくれること。それはありがたかった。

毎日、仕事を捜して歩いて、もう二か月。

――井田の心は折れそうになっていた。

そんなとき、リストラされた会社の近くの公園で、疲れた足を休めていると、かつての同僚だった女性とバッタリ会った。
二十七、八の可愛《かわい》い子で、一緒に出張したこともあって、「お茶でもしません？」という誘いに、一も二もなく乗っていた。
そして……ちょうど退社時間になり、井田は彼女と食事をして、少し飲んだ。

妻の尚子は、実家の母親の見舞に行く、ということで、二、三日帰って来ないはずだった。

ところが、実家に、会いたくない親戚が泊りに来ていて、尚子は夜遅く帰宅したのだった。そして――ベッドに入っている夫と若い女という、「ＴＶドラマにありそうな」光景に出くわしたのである。

本気じゃなかった。疲れてたんだ。ちょっとした息抜きだった……。

言いわけに過ぎないことは、井田もよく分っていた。しかし、尚子がどんなに傷ついたか、よく分っていなかった。

「確かにな……」

夫が失業して、毎日毎日仕事を捜しに出て行くのを見送る尚子の方も、どんなに不安で辛《つら》かったろうか。持病があって、自分が働きに出るのが難しいことを、尚子は申し訳なく思っていた。

そんな尚子の気持に、井田は気付いていなかったのだ。辛いのは俺だけだ、と思っていた。

夜中に、二人の激しい言い争いの声が、マンションの廊下にも響いただろう。

井田は、飛び出して来た。そして……何時間たったろうか。

「ああ……。やっとだ」

気が付くと、自分のマンションが見えていた。――こんな道から来られたのか。

もう二十年も住んでいるのに、近所のことをろくに知らないのだ。

少し空が白《しら》んで来ていた。

尚子……。すまなかった。

ともかく謝ろう。出て行くと言うなら止めないが、あいつも行く所があるのかどうか……。

今日から、また仕事を捜そう。どんな仕事でもいい。ともかく、働いて、生活して行くのだ……。

「――何だ？」

マンションの前に、パトカーが停《と》まっていた。それも三台も。

警官がマンションのロビーを出入りしている。何があったんだろう？

近付いてみると、パトカーの向うに救急車も見える。――何ごとだ？

ロビーへ入ろうとすると、

「ちょっと」

と、警官に止められた。「ここにご用ですか？」

「住んでるんです」

と、井田が言った。「何かあったんですか？」

そのとき、

「まあ！」

という声がした。

「あ、片岡《かたおか》さん」

と、井田は、隣家の奥さんがパジャマにコートをはおって立っているのを見て、びっくりした。

「ご存じの方ですか？」

と、警官が訊《き》く。

「この人……。井田さんです。尚子さんのご主人です。どこに行ってたんですか？」

「あちこちうろうろしてて……。どうしたんです？」

「どうした、じゃないわよ！　尚子さんが……」

「女房が？　――尚子に何かあったんですか？」

「来て下さい」

警官が、井田の腕をしっかりとつかんだ。


目覚し時計が派手な音をたてた。

爽香《さやか》は手を伸して、間違いなく時計をつかむと、ボタンを押して、ベルを止めた。

「ああ……」

と、思い切り伸びをする。

隣のベッドから、

「今日は休みじゃないのか？」

と、夫の明男《あきお》が言った。

「起しちゃった？」

爽香は起き上ると、欠伸《あくび》をして、「――ゆうべ、あやめちゃんからメールが来て。ちょっと出かけてくるわ」

と言って、ベッドから出た。

土曜日の朝だ。

もちろん、娘の珠実《たまみ》を学校へ出さなくてはならないから、起きることに変りはない。

土曜日の朝は、トーストとオムレツ、と決っている。

爽香は素早く顔を洗うと、タオルで拭きながら、

「珠実ちゃん！　起きて！」

と、声をかける。

明男がのっそりと起き出してきた。

「もう少し寝てたら？」

「いや、今日は少し早く行く。スクールバスの調子を見ないと……」

明男は大欠伸をした。

「珠実ちゃん！　起きた？」

と、爽香がくり返す。

杉原《すぎはら》家は、いつもの朝がスタートしたところである……。

「夫で、無職の井田和紀容疑者、四十七歳を、殺人の疑いで逮捕しました」

TVの画面では、ニュースを読むアナウンサーが、「井田容疑者は容疑を否認しているとのことです。次に……」

「やっぱり、男の人って、奥さんを殺したくなるもんかなあ」

トーストを食べながら、珠実が言った。

「やめなさい」

と、爽香はたしなめて、「早く食べて。駅まで一緒に行くんでしょ」

「うん。大丈夫だよ。お母さん、せっかちなんだから」

娘に言われてちゃね、と爽香は思う。でも、確かに、もともとせっかちなのが、四十代半ばになると、さらに加速した気がする。

四十七歳。――昔は「人生五十年」とか言ってたけど。今は下手したら今の年齢の二倍くらい生きることがある。

「――コーヒーね」

と、食卓につく明男へ言って、返事も待たずにコーヒーをカップに注《つ》ぐ。

そして、

「――え？」

と、注ぐ手を止めた。

「何も言わないぜ」

と、明男が言った。

「うん……。ただ、今のニュース……」

「ニュース？」

「奥さんを殺したって……。井田和紀って言ってた」

「それが？」

「あの写真。――井田君だ」

と、爽香は息をついて、「びっくりした！」

「知り合いか？」

「高校で一緒よ。憶《おぼ》えてない？」

「さあ……」

「トーストでいい？　――そうだね、明男は憶えてないよね。私、井田君とすぐ近所だったの。小さいころ。それで高校でまた会って……。でも、まさか、あの井田君が？」

と、爽香は首を振った。

「そうか」

明男はコーヒーを飲んで、「人間、何が起るか分らないよ」

と言った。

そう。――まさかあの人が、と思っても、何年かの間に、人は変ってしまうことがある。

そして、何かの事情で追いつめられることがある。

誰よりも、明男がそのことをよく知っている……。

ニュースも、天気予報に変って、爽香もそれ以上何も言わなかった。

「さ、出かける仕度《したく》」

と、爽香は言った。

珠実は明男と一緒に駅まで行く。爽香は会社へ行くわけではないので、少し遅く出ることにしていた。

「行って来ます！」

と、珠実が玄関を勢いよく出て行く。

「車に気を付けて！」

つい、いつもの言葉が出ていた。

「さて、と……」

洗いものを済ませて、着替える。

あやめと待ち合せているが、時間は充分にある。

髪を整えていると、居間の電話が鳴っているのが聞こえた。

誰かしら……。

知人、友人ならケータイへかけてくるだろう。居間の電話は留守電になっていた。

居間へ入って行くと、留守録音の合図の音がピーッと鳴って、

「――突然すみません」

と、若い女性らしい声だ。「杉原爽香さんのお宅でしょうか。私、井田和紀の娘で、井田梨花といいます」

え？　――爽香はびっくりして立ちすくんだ。ニュースで、井田が妻を殺したと聞いたばかりである。

「ご連絡したいんです」

その吹き込んでいる声の、訴えかけるような響きに、爽香はつい受話器を取っていた。

「あの――」

「杉原爽香です」

「あ……。本当に？　出て下さったんですね！」

という声は震えていた。

2 祭典

簡単なアルバイトだった。

「はい、ここでコーラスね」

と、指揮者が合図する。

瞳《ひとみ》は他の二人の子と一緒に、柔らかなハーモニーを作った。

「OK！　きれいだ！」

指揮者は満足げに肯《うなず》いた。「くり返しが三回。——分るね？」

「大丈夫です」

と、瞳は答えた。

「よし、それじゃ、後は肝心のスターが来ればそれでいいんだ」

指揮者は、ちょっと皮肉っぽく言った。「どうなんだ？　いつごろ来るって？」

と、ステージの端にいたスタッフへ訊く。

「連絡取れないんで……」

と、スタッフの男性は申し訳なさそうに、「でも、マネージャーが付いてますから、十五分前には必ず……」

「頼むぜ」

中年の指揮者は、バンドのメンバーへ、「休憩だ。遠くへ行くなよ」

と、声をかけて、自分もステージの脇へ入って行った。

ペットボトルのお茶を飲んでいるところへ、瞳がやって来た。

「やあ、君らはプロだね。みごとだよ」

と、指揮者は言った。

「短大の声楽科の学生です」

瞳は紙コップにお茶を入れた。

「そうか！　巧《うま》いわけだ」

「いいアルバイトで、助かります」

コンビニやマックでのバイトと違って、少なくとも「声を出す」という本来の得意技《わざ》でお金がもらえるのはありがたかった。

今、売れっ子のポップシンガーのバックコーラス。レコーディングには、そういうプロダクションが人を出すが、今日のようなライブでは、その都度適当に人を雇うことがある。

コーラスといっても、何か歌うわけではなく、バックで「アー」とか「ウー」とか、邪魔にならない程度にハモっていればいい。
二、三度聞けば、どこでどう声を合せればいいかつかめる。
「三人とも同じ学校？」

と、指揮者が訊いた。

「ええ、私が二年生で、他の二人は一年生です。後輩に声かけて……」

「なるほど」

指揮者が肯いて、「君の声が特によく響くね。透明感があって、澄んでる」

「そんなこと……」

瞳はちょっと戸惑って、「私の声、浮いてますか？　それだとまずいですよね」

「いやいや、そういう意味じゃないよ」

と、指揮者が笑って言った。

そこへ、スタッフが駆けつけて来ると、

「眉倉《まゆくら》先生、今、愛《あい》ちゃんが着きました」

と言った。

「そうか。じゃ、とりあえずリハーサルをやっとこう。時間がない」

「それが、ちょっと……」

と、口ごもる。

「何だ？　愛がどうかしたのか？」

「喉をからしてて……。昨日、サッカーの応援に行って、大声出したらしいんです」

「おい……。プロなら、そんなこと考えてくれないとな。――どうなんだ？」

「少し休ませて下さい。落ちつくと思うんで」

「困ったもんだな。――準備ができたら呼んでくれ」

「はい！　すみません」

――瞳は話を聞いていたが、

「眉倉マサルさんですか？」

と、指揮者に訊いた。「気が付きませんでした。すみません」

眉倉マサルは作曲家として、もう長いことヒット曲を送り出して来た。瞳も、その内の何曲かは知っていた。

「いや、分らなくて当然だよ。僕の曲を知ってるの？」

「ええ、きちんとメロディラインがあって、好きです」

「そいつは嬉《うれ》しいね。いささか時代遅れと言われるが」

「愛ちゃんって、三《み》ツ《つ》橋《はし》愛ですよね。今日のメインの」

「そうさ。ＴＶなら適当にごまかせるが、ライブじゃね……」

「眉倉さんの曲を歌うんですか？」

「そうなんだ。それで指揮を頼まれてね」

と、眉倉は言った。「しかし——もうそんなに時間もない。大したことないといいが」

——他にコーラスの付く曲がいくつかあって、そのリハーサルも簡単に終った。

若い歌手のことはよく知らないので、瞳はあまり関心がなかったが、一年生の二人は、TVでよく見る歌手を間近に見て、はしゃいでいた。

そして——何か問題が起ったらしいと瞳が気付いたのは、もう開演まで一時間もない時点でのことだった。

「——何とかなりませんか」

スタッフが、眉倉について歩いている。

「そう言っても……。今さら曲を変えるわけにいかないよ」

と、眉倉が言った。

「あの——高い声が出ないだけで、何とか歌えるんですから」

「しかし、あの曲は、高い声が聞かせどころなんだ」

「分ってますが……」

眉倉は不機嫌に黙り込んでしまった。

そこへ、ジーンズ姿の三ツ橋愛がやって来たのである。

ずいぶん細くて小柄なのに、瞳はびっくりした。

「すみません」

と、一応眉倉に謝っている。

普通の話し声も、ややかすれていた。

「エコーをかけるから、高いパート以外は何とかなるだろう」

と、眉倉はため息をついて、「歌い始める前に、ひと言、『風邪気味で』と言っておいたらどうだ?」

「そうですね。——あそこ、低くしますか?」

「そうすると、その後が歌いにくいだろう?」

「ええ。でも……」

そのとき、眉倉は何か思い付いたようで、

「ちょっと待て」

と言うと、「——おい、君」

と、瞳を手招きしたのである。

「私ですか?」

瞳が面食らって、ステージの中央へやって来ると、

「君、すまないが、頼まれてくれないか」

と、眉倉が言った。

「何か……」

「愛の歌の一番高いところを、代りに歌ってくれ」

「え?」

瞳はびっくりした。歌の一部分だけ歌うというのは、合唱をやっていれば珍しくない。しかし、この場合は事情が違う。

「ちょっとやってみよう」

眉倉がピアノの前に座って、「愛、頭からだ」

と、曲の前奏を弾《ひ》く。

愛が歌い出す。——素人の耳にはほとんど分らないだろうが、瞳には、声のかすれや、音程のぶれが聞き取れた。

「瞳君といったか。——この後だ、声を出してみてくれ」

一旦、メロディが途切れて、転調して盛り上る。

本当なら、ここで、瞳は他の二人と、「アー」という声を出せばいいのだ。それを突然変えろというわけだが、幸い授業で慣れている。

聞き憶えていた高音のパートをきれいに歌い上げた。

「そうだ! 今のところだけ、愛の代りに声を出してくれないか」

「でも……」

瞳としては、そう難しい話ではない。しかし瞳は愛が目を伏せて、苛立《いらだ》っているのが分った。当然だろう。

自分のせいとはいえ、声が出ないことに苛立ちを覚えている。そこに、プロとしての面目をかけている様子なのが、瞳には好感が持てたのだった。

「じゃ、私、後ろのコーラスの所で声を出します。愛さん、口だけ動かして合せましょう。マイク通してスピーカーで流れるから、分らないですよ」

瞳の言葉に、眉倉の方がびっくりした。

「そんなにうまく行くか？　じゃ、やってみよう。――おい！　調整卓で、そこだけこの子の声を大きくしてくれ！」

もう一度初めから通して、愛が歌った。そして高音のところで、瞳は裏声気味に高い声を出し、それはピタリと愛の口の動きにはまった。

「――良かった！　瞳君、今声を変えたね？」

「地の声だと別の人と分ってしまいますよ。裏声だと声の違いが目立ちません」

「凄《すご》いね！」

と言ったのは、愛だった。「あなた、どういう人？」

「学生です、声楽科の」

「ああ……。あんなことができるんだ」

と、愛はじっと瞳を見つめていたが、「じゃ、よろしくね」

「もう、他の歌手のリハーサルもやらないといけない。愛、今の調子でな」

と、眉倉が言った。

「はい」

愛が素直な表情になって肯いた……。


アンコールまで含めて、二時間近いライブは無事に終った。

三ツ橋愛も、歌っている内に声が出るようになり、「風邪気味」という話もしないですんだ。

「――いや、ご苦労さん！」

眉倉も汗を拭《ぬぐ》いながら、瞳たちの方へ声をかけた。

「ありがとうございました」

と、瞳は言った。「またアルバイトがありましたらよろしく」

後輩たちと一緒に楽屋に戻り、着替えをして出てくると、

「あの――瞳さん」

と、スタッフがやって来て、「愛ちゃんがひと言、って」

「分りました。じゃ、先に帰っていいよ」

一年生を帰らせて、楽屋へとついて行く。

〈三ツ橋愛様〉という紙の貼られたドアがある。半分開いていて、何人かの客がやって来ているようだった。

「ちょっと待ってて」

と、愛は瞳に気付くと、声をかけた。

次から次へとやって来る客の相手をしている愛を見て、瞳は、

「スターも楽じゃないわね……」

と呟いていた。

「やあ、ご苦労だったね」

と、眉倉がやって来て言った。「愛に用かい?」

「あの――呼んでおられるってことだったので」

瞳としては、特に愛に会わねばならないわけではなかったのだが……。

「――ごめん！　待たせちゃって！」

やっと客がいなくなった楽屋に、愛は瞳を入れると、「今日は助かった。ありがとう」

「いいえ。喉、ずいぶん戻ってましたね」

「もうこりた。いくらサッカーの試合でも、叫ばないことにするわ」

瞳はちょっと戸惑っていた。何の用で呼ばれたのか分らない。

「ね、瞳さんっていったっけ」

「はい」

「私のツアーに、ずっとついて来てくれない？」

瞳は、とんでもない話にびっくりして、しばし声が出なかった……。


「チーフ」

と、久保坂《くぼさか》あやめが声をかけた。

「ああ、戻って来たの」

杉原爽香は、夜のオフィスに一人で残っていた。

「どうせ、チーフは一人で働いてると思って」

「いいのよ、私は。直接帰れば良かったのに」

あやめは一日外出していた。

「いいんです。チーフを一人で置いてく方が心配で」

「子供じゃあるまいし」

と、爽香は苦笑した。「でも、ちょうど良かったわ。校了するところ」

「本当に？」

と、あやめが目を見開いて、「来週には間に合うんでしょうか」

「間に合ってもらわないと」

〈G興産〉の社史を作ることになっているのだ。

「――これで何とか」

「見通しがついたわね」

と、爽香はホッとしながら肯いた。

3 細い糸

パソコンを閉じると、

「じゃ、帰りましょうか」

と、爽香は立ち上った。「あやめちゃん、ご主人は？」

「何だかシンポジウムがあるとかで、三日間は九州です」

「いいわね、お元気で」

爽香の心強い部下、久保坂あやめの夫は、日本画壇の重鎮、堀口豊《ほりぐちゆたか》だ。今年、何と九十七歳。三十七歳のあやめが、

「私より長生きしそう」

と笑うほど元気だ。

「暮れに、ぜひ一緒にお食事を、と言われてます。チーフの一家に会うと、生きるエネルギーをもらえるようですよ」

「まあ、恐縮だわ。でも、逆に私たちの方が、あのお元気さにあやかれるかもね」

爽香とあやめは、人のいなくなったオフィスから出て、エレベーターで一階へ下りて行った。

「──何か食べて帰る？」

と、爽香は言った。「今夜は遅くなると言ってあるから」

「あ、いいですね。一人だとどうしても簡単なものになるので」

「あなたはまだしっかり食べないと。育ち盛りでしょ」

「それって……」

と、あやめは笑ったが──。

一階のロビーへ出て、ビルを出ようとした二人に、

「待って下さい」

と、声がかかった。

振り返る前に、爽香には分っていた。

「──井田梨花さんね」

と、爽香は言った。

「すみません。どうしてもお会いしたくて」

と、その女性は言った。「ご迷惑と分ってるんですけど……」

「ずっとここで？」

「はい。――五時から」

「そう……」

あやめが、言葉を添えるように、

「お父さんのことは、私も聞いてるわ」

と言った。「でも、チーフはとても今、忙しいの。大事な仕事を抱えていて――」

「待って」

と、爽香はあやめを抑えて、「梨花さん。あなた、とても疲れてるわね。もちろん、気持はよく分る。いいわ、ともかくお話を聞きましょう」

「ありがとうございます!」

と、梨花が深々と頭を下げる。

「その代り、これから食事に付合って。あなたが倒れたら、お父さんを助けるどころじゃないでしょ? そして――この間言った通り、私にできることは限られてる。そのことは承知していてね」

「はい、分っています」

と、梨花が肯く。

あやめがついたため息は、「また、チーフは性懲《しょうこ》りもなく……」という意味だった……。

「父は弱い人なんです」

井田梨花は、十八歳にふさわしい食欲を見せながら言った。

「でも……」

「やっていなくても、連日、厳しい取調べを受けたら、犯行を認めてしまうかもしれません」

「会社をリストラされていたのね？」

と、爽香は訊いた。

「ええ。ショックだったようで……」

「それは当然よ」

と、あやめが言った。「仕事を探してらしたんでしょ？」

「そのようです。でも――父は、人に弱味を見せたくない人なので、どんな仕事でも、というわけには……」

「そういうタイプ？――まあ、高校生のころにも、人前ではとてもいい子だったような記憶があるわ。特別親しかったわけじゃないから、深くは知らないけれど」

「人から失敗を指摘されると、猛烈《もうれつ》に怒り出すんです。母ともよく喧嘩《けんか》になっていました」

「何だか想像がつく」

と、あやめが呟いた。

「そんな父に嫌気がさして、私、大学へ入ると同時に家を出たんですけど……。浮気の現場を母に見られても、謝らなかっただろうと思います。自分が悪いことは分っていて、申し訳ないとも思っているんですが、つい言い返してしまう。そういう人なので」

――食事も終えてコーヒーを飲みながら、梨花は続けて、

「でも、母を殺したりしません。そんなことのできる人では……」

と言った。「いいえ、もちろん、私はこの目で見ていたわけじゃありませんから、絶対にそうだとは言い切れないいんですけど、でも、やっておいて、知らん顔でマンションに戻ってくるなんて、とても父には……」

「ニュースで見ただけだけど」

と、爽香は言った。「戸棚の上にあったブロンズ像で殴られて亡くなったのね、お母さんは」

「父が会社で一度だけ表彰されたときの像です。とても大事にしていました」

「像に指紋がついていたとか」

「ええ。あの戸棚、安定が悪くて、扉を開閉すると、揺れるんです。で、いつも像をちょっと持ち上げて開け閉めするくせがついていて。当然、指紋はつきます」

ブロンズ像で後頭部を殴られて、井田尚子は死んでいたという。夫が家を飛び出して行って、明け方近くに戻るまでの間に、やって来るような人間がいたのだろうか？

それを訊かれて、梨花は、

「その点は私もふしぎです。母は用心深い人ですから、そんな夜中に訪ねて来る人がいたとも思えないし、もし誰か来ても、家へ入れるとは考えられません」

と言った。

「ともかく、まず弁護士さんに相談することね」

と、爽香は言った。「心当りがある？　何なら、訊いてみてあげる」

「ありがとうございます」

と、梨花は頭を下げた。

「それより――お父さんが私に相談しろと言ったの？」

「はい。杉原爽香さんに話してみてくれと……」

それもふしぎだった。――高校を出てから、井田とは全く縁がない。

爽香も、梨花に頼られて役に立てるという自信はなかった……。


明男が、つい微笑《ほほえ》んだ。

「あやめちゃんにさぞ文句言われただろ」

と言った。

「まあね」

爽香は風呂上りで、パジャマを着ると、「でも、これ以上のことはできないわ。もちろん、井田君が無実だとしたら、助けてあげたいと思うけど」

「いつもその調子で深みにはまるんだ。気を付けてくれよ」

「分ってるわ」

と、爽香は欠伸をして、「仕事が忙しいのも本当だしね」

もう夜十二時を回っていたが、すぐには眠れない。爽香は、居間のソファでひと息ついた。

「例の社史はどうしたんだ?」

「校了したわ。後は印刷所任せ」

――爽香の勤めている〈G興産〉は、来年創業五十年を迎える。その記念行事の立案を爽香は社長の田端《たばた》から任された。

立案だけではもちろん済まず、実際の計画と実行も仕事に含まれている。

しかし、それは想像していた以上に、大変なことだった……。

「夏休みもろくに取らなかったんだ。少し楽するように考えろよ」

ソファに並んで座ると、明男は爽香の肩を抱いた。爽香は明男によりかかると、

「なかなかね……。それに……」

「それに？」

「もう一つ、心配なことがあるの」

と、爽香は言った。

「何だ？　俺は今のところ恋人、いないぜ」

「何言ってんの」

と、爽香は明男の脇腹をつついて、「でも、それに近いかな」

「何だい、それ？」

「社長よ」

「田端さん？　どうかしたのか」

「あなたも会ったでしょ。秘書の朝倉《あさくら》さん」

「ああ。あの美人の……」

「そう。二十八歳。朝倉有希《ゆき》。――どうも、ちょっと心配なの」

「田端さんと？」

「この前、ニューヨークに一緒に行って。帰って来てから、何だか微妙に変ったみたいなのよ。――ちょっとした遊びで終ればいいんだけど……」

「苦労性だな」

と言って、明男は爽香を抱き寄せた。

その音を聞いてしまった。

バシッというその音は、子供のころからずっと聞き慣れた音だった。

お父さんが、酔って怒鳴《どな》ったあげく、お母さんを叩《たた》く音だ。いや、伽奈《かな》自身、音を聞くだけではなく、殴られたことも数え切れないくらいある。でもそんなとき、お母さんは伽奈をかばって、自分が殴られ、蹴られるのに、じっと耐えているのだった。

今、細く開いたドアの隙間から聞こえて来たのは、その音に間違いなかった。

「空気悪いな、この店は」

と言いながら、タバコを喫《す》い続けている男。

「仕方ないでしょ。禁煙にゃできないし」

と、伽奈は相手が客でも遠慮なく言ってやった。

「そりゃそうだ」

と、酔って顔を真赤にしているサラリーマン風の男は伽奈の言葉に怒るでもなく笑い出して、「だけどよ、お前も一晩中、煙を吸い込んでんだぜ。その内肺ガンになったらどうするんだ？」

「この店、叩き壊してから死んでやる」

と、伽奈は言った。「こんなもん、ちょっと暴れりゃバラバラさ」

「お前ならな。しかし、ゴジラだって、ここを踏み潰さねえかもしれねえぞ」

「あら、どうしてよ？」

「踏んだ気がしねえだろう、こんなボロビル」

「ハッハッハ」

と、伽奈は大声で笑って、「ゴジラも踏み潰しがいがない？　情ないね」

しかし、実際、ほとんどプレハブに近いこの風俗店は、「万一火が出たら、五分で全焼する」と言われている。

安普請《やすぶしん》の店だから、料金も安くできる。――まあ、低料金とうたっている分、それに見合った「実物」を覚悟してもらうしかない。

「おい、カナ、触らせろよ」

客の手が伽奈のスカートの中へ潜り込んで来た。もう慣れっこで、いやだと思うこともないのだが――。

「ね、ちょっと待って」

伽奈は男の手を押しやると、立ち上って、半分開きかかったドアから廊下を覗《のぞ》いた。

人がやっとすれ違える幅の、狭い廊下。歩くと床がミシミシと鳴る。

向い合ったドアは細く開いていて、そこから聞こえるのは――すすり泣く女の子の声。

「おい、何だよ」

と、酔った客が伽奈の安物のスカートをつかんで言った。「もったいぶるほどのもんでもねえだろ」

「待ってよ」

と、伽奈はぐいとスカートを引張った。

男は引張られて床に転った。

「いてえなあ……。何だよ、金は払ってるんだぜ」

と、口を尖《とが》らして文句を言う客は放っておいて、伽奈は廊下へ出ると、向いのドアを大きく開けた。

「おい、何だ！　気が散るじゃねえか」

ズボンを下げた太った男が、伽奈をにらんだ。服をほとんど脱がされてソファで震えているのは、つい一週間前に入ったばかりの、まだ二十歳《はたち》前の女の子だ。

「お客さん」

と、伽奈は腰に手を当てて、「本番は禁止ですよ。言われてるでしょ」

「やかましい。こいつにゃ三万も払ったんだ。分ってて、ここへ上って来てるくせに、いざとなると泣き出しやがって」

「たった三万？　馬鹿にするんじゃないよ」

と、伽奈はポケットから一万円札を取り出し、その客の顔に投げつけた。「とっとと帰りな！　警察を呼ぶよ」

男がせせら笑って、

「呼んでみろ。俺に手出しなんかできやしねえ」

「ともかく、消えな！」

伽奈がドンと胸を突くと、男は仰向けに引っくり返った。

「立って。――服を拾って、出るんだよ」

と、女の子を立たせる。

「ごめんなさい……。いやだって言ったんだけど……」

「いいから早く」

散らばった服をかき集めると、抱きかかえるようにして廊下へ出る。

伽奈は、倒れた男が起き上って来ないので、ちょっと気になって覗き込んだ。どうやら、仰向けに倒れた拍子に、狭い部屋に置かれているテーブルの角に頭をぶつけたらしい。

「気絶したのかしらね。放っとけばいいわよ」

と、伽奈はドアを閉めたが――。

ハッとして、青ざめた。

狭い、急な階段の下から、青白い煙が立ち上って来たのだ。

「伽奈さん——」

と、女の子が震える声で言った。

伽奈は自分の方の客へと、

「逃げて！」

と叫んだ。「火事よ！　早く逃げて！」

「ええ？　——本当か？」

目をパチクリさせて、客が立ち上る。

「いけない」

煙に気が付かなかった！

階段の下は、真白な煙で、もう見えなくなっている。そして、下から悲鳴が聞こえて来た。

4 惨事

「どうしたんでしょうね」

と、久保坂あやめが言った。

一緒に乗っていたタクシーで、ウトウトしていた爽香は、

「え？　どうかした？」

「あ、すみません。寝てらしたんですね」

「ちょっとね。――まあ、消防車があんなに……」

消防車が何台も出て、道を塞いでしまっている。

「火事ですね」

と、ドライバーが言った。「これじゃ、ちょっと動けないですよ」

「仕方ないわね。――ここで降りよう」

「すみませんね」

この道を避けて、別の通りへ出れば、またタクシーをつかまえられるだろう。

「——寒い！」

と、外へ出て、あやめが首をすぼめた。

北風がかなり強く吹いている。爽香は、

「火が広がりそうね」

と言った。

狭い繁華街だった。消防車が入るぎりぎりの幅しかないようだ。

消火用のホースが、濡れた地面を何本も這《は》って、消防士が駆け回っている。

そして、サイレンを鳴らして、救急車が何台も続けてやって来た。

「行きましょう」

と、爽香は言った。「邪魔になっちゃいけないわ」

「ええ。——でも、これ、大変ですね」

小さなバーやカラオケなどがひしめき合った一画だ。火の回りは速いだろう。

二人はその狭い通りの入口を横目に見ながら、足早に通り過ぎた。

「このまま行けば広い通りに出ますね」

と、あやめが言った。「——風が冷たい」

二人は風を背中に受けていた。首筋が寒くて、あわててコートの襟を立てる。

前方から、消防車がサイレンを鳴らしてやって来る。二人は道の端へよけて、足を止めた。

「この風じゃ、本当に――」

と言いかけて、爽香は息を呑んだ。「あやめちゃん！　あれ――」

二階建のアパートらしい建物が目に入った。入口は反対側らしく、爽香たちに見えるのは、二階の並んだ二つの窓だった。

その窓の中に、黄色く炎が上っていたのだ。

「これって――燃えてるんですね！」

と、あやめが目を見開いて、「でも――火事はずっと向う……」

「風で火の粉が飛んだのかもしれない」

しかし、消防隊は、繁華街の通りに面した店が燃えているのを消そうと必死で、こんな離れたアパートに火が飛んでいるとは思っていないだろう。

「あやめちゃん！　消防の人へ知らせて来て！」

「はい！」

あやめが駆け出して行く。

もちろん、消防士もすぐに気付くだろうが、何秒かでも早く分れば――。

そのとき、更に爽香をびっくりさせることが起った。

見上げる二階の窓が、ガラッと開いたのである。そして、女性が姿を見せた。

その女性は、下に爽香がいるのを見ると、

「お願いします！」

と、大声で言った。

爽香は、

「今、消防の人が――」

と言いかけたが、二階の女性は、

「この子を受け止めて下さい」

「え？」

その女性が抱え上げたのは――「この子」といっても、大人の女性で、小柄な爽香より大きいかもしれない。

「火が迫ってるんです！　この子を落としますから、よろしく！」

「あの――」

ちょっと待って、と言う間もなかった。

なぜかほとんど裸に近い女性が窓から投げ落とされた。爽香は反射的に、その女性を
「受け止め」ようとしたが――。

「キャッ！」

と叫んだのは爽香の方だった。

落下して来た女性を受け止めるなどとても無理で、爽香は思い切り地面に叩き付けられた。

そして――目を見開いた。

二階の窓から炎がドッと噴き出して来て、あの女性は自分で窓から飛び下りたのである。

この上に落ちて来たらどうしよう！　一瞬の間だったが、爽香は恐怖を覚えた。二人の下敷きになったら、死んじゃう！

爽香はギュッと目をつぶった。


「おい、大丈夫か？」

大きな紙袋をさげた明男が、覗き込んで言った。

「明男……。ごめんね」

と、爽香は少しボーッとした頭で、「こんなことになるなんて……」

「全く、火事にまで出くわすなんて……。あやめちゃんは今、ご主人に電話してるよ」

「だけど……運が良かったって。骨折もしてないし……。打ち身だけで……」

「充分だろ、それで」

と、明男は苦笑した。「着替え、持って来たぞ」

「うん……。濡れちゃったから……」

あの火事の現場に近い病院だった。

救急車で次々に火事の負傷者が運び込まれている。

「起してくれる？　――あ、いたた……」

と、思わず声が出る。

「歩けるのか？」

「もう少し休めば……。大変でしょ、あの火災」

「うん。まだ燃えてるようだ。風が強いからな」

爽香が寝ていたのは、外来の診察室の診察台だった。病室はもう一杯なのだ。

「――チーフ？」

あやめがやって来ると、「気分、どうですか？　知ってる病院に連絡して、入院した方が――」

「いえ、大丈夫。びっくりしただけよ」

「でも、人一人、落っこちて来たんですよ！　チーフの上に投げ落とすなんて、ひどいですよ」

「とっさのことよ。――あの若い人、どうしたんだろ？」

「少し火傷《やけど》してるらしくて、手当してもらってるようですよ。でも、チーフの上に落ちたんで、ひどいけがはしなかったみたいです」

「良かった。――もう一人の女の人は？」

「まともに地面に落ちて、脚と手首を折ったそうです。でも、命に別状ないって」

「そう。力持ちだったわね。若い人を抱え上げたんだもの」

「感心してる場合じゃないだろ」

と、明男が言った。「あやめちゃん、これ、着替えだから」

「はい、任せて下さい」

と、あやめは爽香の腕を取って、「トイレででも、着替えましょう。車でお宅へ」

「うん……。明男、ちょっと待っててね」

「ああ、ここにいる」

「待合室で待ってて。ここはたぶん他の人が使うわよ」

と、爽香は言った。

「分った。そうするよ」

――爽香は、あやめに支えられるようにして、廊下へ出た。

医師や看護師が、あわただしく駆け回っている。

「この辺の病院、あちこちに運び込まれてるみたいですね」

と、あやめが言った。「かなりの人が亡くなってるんじゃないかって……」

「大変ね」

と、爽香が言って、ちょうどけが人を乗せたストレッチャーがガラガラと通り過ぎるのを待っていると、

「すみません」

と、看護師の一人が声をかけて来た。「二階から落ちた人を受け止めた方ですよね」

「あ……。ええ……」

「どうしてもお話ししたいって、骨折した人が」

「私にですか？」

いやとも言えず、病室の一つに連れて行かれる。

包帯で手足を巻かれたその女性は、爽香を見ると、

「あの方ですね！　下で受け止めて下さった」

と、息をついて、「すみませんでした。とんでもない目にあわせてしまって」

「いいえ。打ち身だけですみましたから」

そばで見ても、がっしりした体格で、背丈もあるようだ。

「私、根室《ねむろ》伽奈といいます」

と、その女性は言った。「たぶん、火元になった風俗店で働いてて……。下から火が来て、二階の窓から隣の家へ伝って逃げたんですけど、火がどんどん追いかけて来て

……。もうだめかと思いました」

見たところ三十代の半ばくらいだろうか。化粧っけもなく、あまりそういう店で働いている印象ではない。

「でも、骨折ですんで良かったじゃないですか」

と、爽香は言った。「ご家族とか、連絡されたんですか？」

爽香の後ろで、あやめがちょっと咳払いする。また厄介《やっかい》なことに首を突っ込まないで、と言いたいのである。

「私は、近くに家族などはいません」

と、根室伽奈は言った。「私のことはどうでもいいんですが……」

と、少しためらってから、

「お願いがあります。見ず知らずの方に、こんなこと……」

「何のことですか？」

「私が抱えてた女の子です。——同じ店にいた子なんですけど」

「少し火傷しただけとか」

「あなたのおかげです。下手したら、死んでいたかも……。あの子、そこのベッドで眠っています」

と、隣のベッドへと目をやった。

「それで……」

「お願いです。その子を連れ出してやってくれませんか」

思ってもみない話に、爽香は目を丸くした。

「連れ出すって……。この病院から？」

「ええ。——その子、まだ十九なんです。大学生で。この火事で、あんな店で働いてたことが分ると、大学にはいられないでしょう。それに、故郷のご両親にも知られてしまいます」

「それは無理ですよ」

と、あやめがたまりかねて口を挟んだ。「病院に黙って、勝手に連れ出すなんて」

「無理なお願いなのは承知しています。でも、その子、店に出るのは今夜が初めてで……。ひどいお客に当ってしまい、服をはぎ取られて……。大学で、どうしてもお金が必要だったそうなんです。このままじゃ、可哀そうで」

と、根室伽奈はじっと爽香を見つめて言った。「お願いします。その子を……」


「ここでいいの？」

と、明男は車を停めて言った。

「はい。——すみませんでした」

その若い女性は、気弱な声で言うと、「ありがとうございました」

と、隣に座っていた爽香へ礼を言った。

「気を付けて。その火傷、ちゃんとお医者に診せるのよ」

と、爽香は言った。

「はい。——お世話になりました」

車を降りると、その女性は、目の前の白い建物へと入って行った。

「女子大の寮ですね」

と、助手席のあやめが言った。「だけど、チーフ——」

「言わないで！」

と、爽香は止めて、「分ってる。お節介なのは、一生変らない」

明男は笑って、

「仕方ないさ。こういう奴なんだ。——あやめちゃん、送るよ」

「いえ、タクシー拾いますから」

もう、夜が明けそうになっている。

「でも——」

「それより、チーフを寝かせて下さい」

と、あやめは言った。「会社にはお休みって出しときますから」

「あやめちゃん――」

「チーフは私の言うことを聞いてればいいんです！」

爽香も、あやめの言葉に黙ってしまうしかなかった……。

5　過大評価

火事場で「痛い目」にあって、あやめから、翌日は、

「休みなさい！」

と言い渡されていた爽香だったが、昼過ぎまで眠って目が覚めると、そう体も痛くないし、くたびれてぐっすり眠ったのだろう、頭も大分すっきりしていた。

「休んでばかりいらんないわよ……」

と起き出してシャワーを浴び、一時過ぎには仕度をして家を出ることができた。

会社の近くで、おそばを手早くかっこみ、出勤した。

エレベーターを降りると、目の前を通りかかったのが、田端社長の秘書、朝倉有希だった。

「あら、杉原さん」

と、足を止めて、何だかびっくりしたように爽香を眺めている。

「どうも」

と、爽香は会釈《えしやく》して、「寝坊とも言えないわね、こんな時間じゃ」

「でも――大丈夫なんですか?」

と、有希が言った。「もちろん、杉原さんが凄い人だってことは知ってましたけど……」

「え? 私がどうしたって……」

「ニュースでやってますよ」

「ニュース?」

「昨夜の火事。二十人以上亡くなったって」

「そうなの? 私、さっき起きたから……」

でも、それがどうして「凄い人」になるの?

「消防の人が、『二階から飛び下りた人を受け止めた、凄い女の方がいるんですよ!』って、感激してました」

「何よ、それ? だって、私、名前なんか……」

病院にかつぎ込まれたとき、たぶんあやめが看護師に言ったのだろう。でも、「飛び下りた人を受け止めた」なんて!

「杉原さんって、怪力の持主なのね、って、みんなお昼休みに話してたんです」

「あのね……。『女金太郎』じゃないんだから」

みんなで話してた？　――爽香はあわててロッカーへと向った。

「――あれ、チーフ」

と、あやめが爽香を見て、「出て来たんですか」

「一日休んだら、後が大変だもの」

と、席に着こうとすると、オフィスのあちこちで拍手が起って、それが自分へのものらしいと分ると、

「あやめちゃん。一体何て言ったのよ！」

「私に当らないで下さい」

と、あやめは心外な様子で、「取材したTV局の人たちの中に、スザンナさんがいたんです」

「〈ニュースの海〉の？」

「ええ。それで、ほら、あの根室伽奈さんって人にインタビューして、そのときにチーフの活躍の話が。で、名前を聞いて、スザンナさん、大喜びで」

「活躍って……。下敷になった、ってだけじゃないの」

〈ニュースの海〉の女性キャスター、スザンナ・河合《かわい》とは、去年の秋に知り合った。

いつものことながら、爽香が巻き込まれた出来事に係った若い女性キャスターである。

「スザンナさんが取材したんじゃ、文句も言えないか」

と、爽香は苦笑して、「でも、これで私に力仕事が一杯回って来たら、どうしてくれるの?」


爽香の「活躍」を、多少大げさにスザンナにしゃべった根室伽奈は、骨折の他に、少し火傷もしていたので、上半身裸になって手当をしてもらっていた。

「根室さん」

と、看護師の一人が顔を出して、「お見舞の方が」

「え?　誰だろ」

「男の人ですよ。お友達とかって」

「あの――ちょっと待ってもらって下さい」

「じゃ、ガーゼの取り替えが終ったらね」

見舞に来るような男なんて、思い当らなかったが。――ともかく、元通りパジャマを着て、仕切りのカーテンが開くと――。

「やあ、どうだい?」

と、背広姿のサラリーマン風の男が顔を出した。

人違いじゃない?　そう言いかけたが、でも、何だか見たことがある気がする。

「あのときは助かったよ」

と言われて、

「あ!」

と、思わず声を上げていた。

火事のとき、伽奈の所に来ていた客だ。

「あの……どうして……」

さすがに、伽奈もちょっと焦った。

「いや、礼を言いたくてさ」

と、男は言った。「TVを見てたら、君が画面に出てて。伽奈ちゃんっていうんだね」

「あの……。ここ、お店じゃないんで」

「そうか。ごめん。――いや、あのとき、僕が階段を下りて行こうとしたら、君、『煙を吸って死ぬわよ!』って怒鳴って止めてくれただろ。思い切って、窓から飛び下りて、無事だった。あの階段の所で、何人も死んでたって聞いてね。君のおかげで助かったと思って」

「良かったですね。飛び下りて、大丈夫だったんですか?」

「うん。運よく、下にゴミ袋の山があってね」

「ああ……。私もそこで飛び下りれば良かったわ」

「でも骨折ですんで良かったじゃないか。今でも、死者が二十五人。まだ増えるんじゃゃないかと言われてるからね」

「たぶん、火を出したの、あの店ですよね。——危いって、前から言ってたのに」

と、伽奈は言って、「でも、どうしてわざわざ私のことなんか……」

「命の恩人には違いないからね」

と言って、男はポケットから名刺を取り出して伽奈に渡した。

「え——」

伽奈は一瞬絶句して、「あなた——刑事さんなの？」

名刺には、〈S署刑事　大津田《おおつだ》悟《さとる》〉とあった。

「一応ね」

「それなのに、あんな所に来て……」

「刑事だって男だよ」

と、大津田は言った。「それに僕は独身だ」

「だからって……。え？　奥さんがどうとか言ってなかったっけ？」

「いたけど、別れた」

「そういうこと。じゃ、逃げられたのね、きっと」

「そうはっきり言うなよ」

と、大津田は顔をしかめて、「まあ、そうだけど」

「お客にとやかくは言えないわね」

と、伽奈はちょっと笑って言った。「わざわざありがとう」

「しかし——家の人とか、いるのか？　旦那《だんな》はいないと言ってたよな」

「亭主もいないし、両親も兄弟も。一人ぼっちよ」

「それじゃ大変だな」

「この入院費ぐらいは貯金してあるから。でも、次の仕事を見付けるのが……」

「僕で何か役に立てれば、言ってくれ」

「どうも。でも、まさか、刑事さんにね」

「おい、偏見を持つなよ、刑事だからって」

「そうじゃないわ。でも、やっぱり、お客に迷惑かけるのはまずいと思う。自分で何とかするわ」

「そうか。いや、君のそういうところが気に入ってたんだ。口は悪いけどな」

「確かにね」

あんな仕事の中、大津田は、もちろんふざけはしても、見下す感じのない客だった。

「——そうだ」

と、大津田が言った。「あの店の焼けあとで見付かった死体の一つが、焼死じゃないらしいって話を聞いた」

「どういうこと？」

「焼け死ぬより早く、死んでいたらしいって。まあ、検死しないとよく分らないだろうがね」

「それって……殺されたってこと？」

「かもしれない。頭部を殴られたのが致命傷になったらしいんだ」

「頭を……」

「あの店の二階にいた客らしいんだがね。——そういえば、あのとき君が連れてた女の子は、大丈夫だったの？」

「あ……。ええ、そうなの。あの子を下で受け止めてくれた人がいて……」

「ああ、それがニュースになってたのか。凄い女性だね。レスリングでもやってたのかな？」

そのころ、爽香がクシャミしていたかどうか……。


セーターの袖口を、精一杯引張ってみたが、手首の包帯はどうしても隠せなかった。

学食でお昼を食べていても、

「美幸《みゆき》、どうしたの、手」

と、友達に訊かれる。

「ちょっと火傷しちゃったの。熱湯の入ったヤカン、引っくり返しちゃって」

と、美幸は何度も説明しなければならなかった。

「危いわね！　気を付けて」

と、心配してくれると、

「ありがとう」

と、笑顔で返さざるを得ない。

つい、笑顔が引きつったものになるのは、不安が消えないからだ。

――B女子大二年生の茂木《もぎ》美幸は十九歳。

手早くランチを食べて出ようと思っていたが、

「美幸！　ここにいたの！」

と、声をかけて来たのは友人の秋田春子《あきたはるこ》だった。

「あ、春子……」

「午前中、いなかったでしょ。どうしたの？」

と、秋田春子はランチのトレイを持って来て、美幸の隣に座った。

「うん、ちょっと病院に……」

「え？　その包帯、どうしたの？」

と、目ざとく見付ける。

美幸は同じ説明をくり返したが、それを聞いている内に、春子は、

「ね、髪、切った？」

と訊いて来た。

美幸はドキッとした。逃げるとき、火の粉に追われ、髪が少し焦げてしまったのだ。できるだけ目立たないように、自分で焦げたところは切ったが、やはり不自然なのだろう。

しかし、せっかちな春子は、美幸の返事を待たずに、

「ねえ、留学志望の書類、出した？」

と訊いた。

「私……留学なんて、無理よ」

と、美幸は首を振って、「とても、そんな費用、出せないわ」

「でも、美幸、英会話とかトップじゃないの。もったいないわね！」

と、春子は言った。

気軽に言ってくれる春子の家は、父親がいくつも会社を持っているお金持で、「お金がない」という状態が想像できないのだ。

余裕がある分、おっとりしていて人柄もいい。そして美幸のことを、なぜだか、えらく好いていてくれる。

ランチを食べながら、

「気を付けてよ、美幸」

と、春子は言った。

「え?」

「火傷。いつも用心深いのに」

「ああ。——結構ドジなのよ、私」

と、美幸は笑って見せた。

そう。困ってるから、お金を貸して、と頼めば春子は断らないだろう。でも、そう分っているからこそ、頼めないのだ。

「あら、教授よ」

と、春子が学食の入口へ目をやって言った。「珍しいわね。いつもこんな所で食べないのに」

美幸の顔から、一瞬血の気がひいた。

その教授は、格別スマートなわけでも、二枚目でもない。

ちょっと小太りで、頭髪も少なめになった、ごく普通の中年男である。それでも、
多々良肇《たたらはじめ》はこのB女子大で学長に次ぐ実力者なのだ。

「ちょっとごめんよ」

と、学生たちの間の席にトレイを持って座る。

離れてはいるが、その席からは美幸がよく見える。そして美幸からも——。

「私、ちょっと買うものがあるの」

と、美幸は立ち上ると、「先に出るね」

「うん。帰り、用事ある？　映画、見に行かない？」

と、春子が言った。

「ごめん。今日は帰らないと」

「そう。じゃ、後でまた」

「うん」

美幸はトレイを返却口に戻して、足早に学食を出た。

急いで講義棟へ向っているとメールが来た。

〈30分したら、いつもの所で〉

美幸は立ち止って、迷っていた。

午後の講義を休むことになる。でも——行かない、とは言えない。

返事はしない。返事など待ってはいないのだ。あの多々良教授は。

でも——今日は火傷もしているし。

ためらったが、結局言われた通りにするしかないと分っていた。

美幸は講義棟へ向うのをやめて、三十分、どこで過すか、考えることにした。

6　プラン

「びっくりしちゃった」

と、瞳は言った。「まさか、あんなこと言われるなんて」

「それで何て返事したの？」

と、久保坂あやめが訊く。

「ツアーについていくなんて、無理よ。学校あるのに」

と、瞳は笑って言った。

――お昼休み、爽香の会社の近くに来ていた瞳は、爽香とあやめと一緒にランチを食べていた。

「三ツ橋愛か。名前は知ってるけど、歌は聞いたことない」

と、爽香は言った。

「チーフ、少しカラオケとかやるといいんですよ」

と、あやめが言った。「ストレス発散になりますよ」

「発散してる暇がないわ」

と、スパゲティをフォークに巻き取りながら、

「時間があったら寝る」

「少しは遊ばないと」

「人のことはいいけど、あなたは？」

「九十七歳の子供相手に、毎日遊んでますよ」

と、あやめは言った。「本当、お絵かきの好きな子供みたいなもんです」

ただ、一つ違うのは、その「お絵かき」した絵が高く売れること……。

「でも、ちょっと心配なんですよね」

と、あやめが言った。

「心配って、堀口さんのこと？　私よりよっぽどお元気じゃない」

「ええ、元気です。特にこのところ、ヨーロッパにも出かけたりして……。でも、お医者さんから聞いたんですけど、人って、年齢《とし》を取ると、自分が疲れてることを感じなくなるんですって。だから、元気一杯に見えるけど、本当はかなり疲れてるかもしれないって」

「そう……。それは何となく分るわね」

と、爽香は肯いた。

あやめが、こんな風に深刻な様子で話をするのは珍しいことだ。

「もちろん」

と、あやめは息をついて、「それであの人がバタッと倒れて、それきり逝《い》ってしまったら、当人にとっては、苦しまなくて良いことだと思ってます。でも、やっぱり突然いなくなられると……。きっと寂しいでしょうね」

何となく三人とも黙り込んでしまった。

「――幸せですね、あやめさんも、ご主人も」

と、瞳が言った。

「ごめんなさい！」

と、あやめは気を取り直して、「そんなこと心配してると、あの人、結構、百歳過ぎまでピンピンしてるかも」

と笑った。

爽香も微笑んだ。――自分も四十七歳になった。父を失い、兄を失った。身近な人が亡くなっていく年齢になっている。

もちろん、珠実はまだ十一歳。大人になるのを見届けなければ。

「――あ、ごめんなさい」

瞳のケータイが鳴った。「あ……」

誰か思いがけない人からかかって来たらしい。

「ちょっとすみません」

と、席を立って店の出入口の方へ行く。

「——彼氏ですかね」

と、あやめは言って、「あ、そうか。瞳ちゃんって——」

「彼女かもしれないわね」

と、爽香は言った。「コーヒー、もらおうか」

瞳は男の子に関心がない。心ひかれるのは専《もっぱ》ら女性だ。

瞳は店の出入口まで来て、

「——お待たせしました」

「瞳さん？」

「はい、そうです」

「この間はありがとう」

「いえ、そんな」

——かけて来たのは、歌手の三ツ橋愛だった。瞳はちょっと気がひけて、

「せっかくのお話を、すみません。お役に立てなくて」

ツアーに同行してくれと誘われたことを言っているのだ。

「いいえ！　私の方こそ、あなたは学生さんなのにね。つい、分んなくなっちゃうの。

ごめんなさいね」

「とんでもないです。もし——お役に立てる機会があったら、いつでも……」

「それでね」

と、三ツ橋愛は言った。「今夜、この間のコンサートの仲間たちで打上げをやるの。あなたも来ない？」

「私が、ですか？　でも……」

瞳は面食らった。自分はただのアルバイトだ。

「Nホテルのスイートルームを借り切ってね。三十人くらい来ると思うわ。どう？」

押し付けがましくない誘いだった。

「分りました。行きます」

と、瞳は答えていた。

「じゃ、夜九時ごろにNホテルに来て。ロビーで私のケータイに電話してくれたら、誰か迎えに行くから」

「そうします。でも……」

「大丈夫。あんまり遅くならない内に帰すようにするから。ちゃんとお宅まで送らせる」

「そんな……。子供じゃありませんから」

と、瞳は言った。

席に戻ると、瞳は、三ツ橋愛から打上げに誘われたと爽香たちに話した。

「素敵じゃないの」

と、爽香は言った。「違う世界を覗いてくるのもいいわよ」

「はい」

そう言われて、瞳は少しホッとした。

早く帰すと言っても、九時に行ったら、遅くなるだろう。

「私がお母さんに言っとくわ」

と、爽香が言った。

「ありがとう。おばあちゃん、心配性だから」

「あ、瞳ちゃんもコーヒーでいい？」

と、あやめが訊いた。


まさか。――まさか。

根室伽奈は、くり返し心の中で呟いた。

そんなわけ、ないわよね。

あのとき……。〈みゆき〉にしつこく迫っていた男を突き飛ばした。

男は倒れて、動かなかった。たぶんテーブルの角に頭をぶつけて、気を失ったのだ。

そして火事騒ぎになった。

あの大津田という刑事が言っていた、「殺人」かもしれない死体。

それがあの男だったら……。

でも——そんなに凄い力で突いたわけではなかった。そう、あれくらいのことで、人は死なない。

もちろん、気は咎《とが》めていた。あの男を、気絶したまま放って来て、そのせいで焼け死んだのなら、責任を感じる。

でも、〈みゆき〉への、あのひどい仕打ちを考えたら……。責任は感じても、あまり良心は痛まない。

「——やあ」

という声にびっくりして、

「大津田さん。また来たの？」

昨日話したばかりだというのに。

「迷惑かな？」

と、大津田は言って、椅子にかけると、「どう、火傷は？」

「そうすぐには治らないわよ」

と、伽奈は笑ってしまった。「刑事さんって、そんなに暇なの？」

「そういうわけじゃないが、聞き込みと言えば外出しても大丈夫」

「呑気《のんき》ね」

「例の火災で、ニュースやワイドショーは大騒ぎだ」

と、大津田は言った。「身許の分ってない死体が、まだ三分の一もある」

「帰宅しないご主人のこととか、届けてないのかしら？」

「もしかしたら、と思っていても、店によっちゃ、そんな所で見付かったら体裁が悪いってこともあるだろ」

「ああ……。そうね」

他ならぬ、伽奈のいた〈P〉だってそうだろう。

「火元は分ったの？」

「まだ特定されてないが、たぶん、あの店だろうね。ともかくあの辺だということは確かだ」

「タバコも喫い放題で、灰皿なんかろくに使ってなかった……。火の点《つ》いたタバコをその辺に投げ出したら、すぐ何かに火が点くわ」

「君のせいじゃないよ」

「ありがとう。でも、私、あそこじゃかなり古い方だったから……」

と言って、「マネージャーはどうしたのかしら？　知ってる？」

「さあね。名前も知らないから。大体、本名で働いてないだろ」

「たぶんね。でも——きっと真先に逃げるわね、あいつなら」

マネージャーなどといっても、まだ三十にもならない若い男で、要は雇われていただけだ。雇い主が誰なのか、伽奈もよく知らなかった。

「ただね……」

と、大津田が言った。「君の話を聞きに、担当刑事が来るかもしれない」

「私に？　何も知らないわ」

「そう言えばいいよ。ただ——例の、頭を殴られたっていう男だけど」

「ええ、憶えてる」

「火事の前に死んでいた、とはっきりした。殺しておいて火を点けた可能性もあるからね」

「私が逮捕されるの？」

「まさか。——ただ、その死んだのが、山沼公吉《やまぬまこうきち》という男でね」

「知らない名前」

「うん。そいつ自身は、貿易の仕事をしていたそうなんだが、そいつの親父《おやじ》がね……」

「父親がどうしたの？」

「山沼大樹《だいき》といって、国会議員だ。今、七十歳。死んだ息子は四十五歳だった」

と、大津田は言った。「議員の手前、隠すわけにいかないしね。――君、この顔に見憶えあるか？」

大津田はプリントした写真を伽奈に見せた。

伽奈はその写真を手に取って眺めていたが……。

「よく分らないわ。何しろお店は薄暗かったし」

「そうだな。常連客ってわけじゃないんだね？」

「違うと思うわ」

――それはあの男だった。〈みゆき〉に三万円払ったと言って……。

やはり私が突き飛ばしたせいで死んだのだろうか？

「刑事さんって、ここへ来るの？」

と、伽奈は訊いた。

「それはそうさ。退院まで待っちゃいない。しかし、あんな所で死んだってことは、父親は知られたくないだろうがね」

それでも、息子は息子だ。もし伽奈が突き飛ばしたと分ったら……。

「ともかく、まだ何日かかかると思うよ」

と、大津田は言った。「骨折の方は何か月ぐらい入院だい？」

「さあ……。複雑骨折じゃないって言われたから、たぶんひと月とか……。でも松葉杖って歩きにくそうね」

「退院したら、一度デートしてくれ」

大津田の言葉に、伽奈は啞然《あぜん》とした……。


「はい、杉原です」

爽香は、デスクの上の電話を取った。

「ああ、杉原爽香さん？」

「そうですが」

「弁護士の沢畑《さわはた》といいます」

「あ、どうも」

相手はちょっと笑って、

「高校で一緒だった沢畑だよ」

「え？　——あ、分った。それじゃ……」

「うん。話がうちの事務所へ回って来てね。君の名前を聞いたんで」

「井田君のことも知ってるでしょ？」

「何となくね。あんまり目立たない奴だったろ？」

「それはそうだけど……。で、弁護を引き受けてくれるの?」

「娘さんと会ったよ」

と、沢畑は言った。「うちの事務所として引き受けることになった」

「良かったわ」

「しかし、それがね……」

と、沢畑は口ごもった。

「どうしたの?」

「さっき連絡があった。井田が奥さんを殺したと認めたって」

爽香は絶句した。——沢畑は続けて、

「もちろん、本当かどうか分らない。何しろ分ってる限りでは、ほとんど物証がないんだ」

「取調べに耐え切れなくて認めたのかも」

「あり得るね。今でも、自白偏重ってことは変らないからね」

「でも、一旦認めちゃったら……」

「そうなんだ。よほどの反証がないと、有罪になる」

「梨花ちゃんは知ってるのかしら?」

「どうかな。わざわざ知らせないからね」

「じゃ、あなたから知らせてあげて」

と、爽香は言うと、あやめがメモを持って来て渡した。

〈受付に、井田梨花さんが〉

爽香はため息をついた。

どうしていつも損な役回りなんだろう……。

「いいわ、私が話す」

と言って、電話を切ると、「あやめちゃん、一緒に来て」

一人で話すのは気が重かったのである。

7 宴

客はひっきりなしに入れ替わっていた。

たぶん、そのせいでもあるのだろう、瞳はお酒も飲んでいないのに、酔っ払っているような気分で、頭が少しボーッとしていた。

Nホテルのスイートルームとはいえ、何十人も入ると狭苦しい。それでも、帰る人、来る人が、波の行き来のようにくり返されて、そこそこホッと息をつく合間もできた。

瞳はもう二十歳になっているが、アルコールは口にしないと決めていた。

父も母も、アルコールで体をこわしたのを見ていたからである。

コンサートの打上げ、と言って呼んでくれた三ツ橋愛は、いつも華やかな宴の中心にいた。

ホテルに着いたとき、ロビーに迎えに来てくれたのは、あのコンサートでライティングを担当していた女性だった。

三ツ橋愛は、瞳がスイートルームに入って行くと、すぐにやって来てくれて、奥の方

のマイクの前へ連れて行き、

「私のピンチを救ってくれた、杉原瞳ちゃんです！」

と、みんなに紹介した。

歌うのは好きでも、目立ちたくない瞳は、恥ずかしくて仕方なかったが、そこで拍手をもらった後は一人、サンドイッチをつまんだりしていた。

そこには、学生の瞳とは全く別の世界があって、中には酔って大声を出す人もいたが、大体はにぎやかにしゃべっているだけだった。

もちろん、およそ場違いだという気持はあったけれど、それは初めから分っていたことだ。

「これも社会勉強」

と、自分に言い聞かせながら、ウーロン茶を三杯も飲んでしまった……。

すると、

「瞳ちゃん！」

と、突然マイクで呼ばれてびっくりした。

「瞳ちゃん、どこ？」

と、愛が呼びかけた。

「はい……」

と、手を上げると、

「いたいた！　こっちへ来て！」

手招きされて、またマイクの前に立つ。

「コンサートで歌った〈雪の朝〉を、一緒に歌って」

と、愛に言われて、

「そんな！　歌えませんよ」

あわてて断ったが、もうカラオケの伴奏が流れ始めていた。

「いいから！　ね、大体分るでしょ？　高いところ、一緒に歌おう」

息つく暇もなく、愛が歌い始めて、仕方なく瞳もついて行った。

歌詞をちゃんと憶えていないので、ところどころ分らなくなったが、ハミングでごまかす。――愛に肩を抱かれて歌っている内に、瞳は何とも言えない気持になって来た。

二番の歌詞に入ると、瞳もしっかり声を出し、高い音を力一杯響かせた。

歌い終ると、居合せた人たちが一斉に拍手した。――でも、とたんに瞳は後悔した。

「ありがとう、瞳ちゃん！」

と、愛は手を握ってくれたが、

「すみません、調子に乗っちゃって」

と、瞳は謝っていた。

「何言ってるの！　みんな聞き惚れてたよ。ね、みんな？」

再び拍手が起る。

瞳は、ともかく何度も頭を下げた。

——コンサートで愛と共演した歌手がやって来たりして、宴は続いた。

そして、気が付くと十一時を回っていた。

もう帰らなきゃ。——そう思ったのを、どうして分ったのか、愛が人をかき分けてやって来ると、

「遅くなってごめんね」

と言った。「ここはまだ当分終らないから、もう帰った方がいいよ」

「はい。じゃ、失礼して。——面白かったです」

一人で帰れますから、と言うのを、愛は、

「そういうわけにはいかないわよ」

と言って、瞳の腕を取ると、スタッフの一人に、「ちょっと、瞳ちゃんを下まで送ってくるから」

と、声をかけ、スイートルームから連れ出した。

廊下はひっそりとしていて、空気が冷たく感じられた。

「こんなことばっかりやってるわけじゃないのよ」

と、愛はエレベーターのボタンに触れると、「私たちも、普段は他の人と同じ。たまTVなんかで顔が知られてるっていうだけのことよ」

「でも、凄いですよ。沢山《たくさん》ヒット曲あるし」

「無理しないで」

と、愛は笑って、「私の歌なんか、いつも聞いてないでしょ」

「それは……。授業で歌うシューベルトとか練習しなきゃいけないから」

エレベーターの扉が開いた。

「あ。ここで……」

「ちゃんとタクシーに乗せる。そのつもりだったから」

「すみません」

二人が乗ったエレベーターがロビー階へと下りて行く。

「ねえ」

と、愛が言った。「また、会える?」

「え……。お忙しいでしょ」

「いつも忙しいわけじゃないわ」

と、愛が言った。

エレベーターが下りて行く。

そして——突然、瞳は愛に抱き寄せられ、息苦しいほどの力で抱きしめられていた。

「とっとと帰りな！　警察を呼ぶよ」

「呼んでみろ。俺に手出しなんかできやしねえ」

「ともかく、消えな！」

伽奈がドンと男の胸を突く。

男は引っくり返って、気を失ったようで……。

火事だよ！　早く逃げないと。——早く！

「早く！　逃げないと！」

と、本当に声を上げていたらしい。

「あ……。私……」

「大丈夫？」

と、隣のベッドの人が心配そうに訊いた。

「ええ。すみません！　夢見ちゃって」

と、伽奈は息をついた。

「火事がよっぽど怖かったのね」

「そうですね……。お騒がせしました」

と、伽奈は枕のそばに置いたタオルで、汗を拭った。

あの男。――伽奈が突き飛ばした男は、焼け死んだのではなかった。

私が――私が殺したのかしら？

あのときの光景が、夢の中に、ビデオの録画みたいによみがえって来た。

「忘れよう……」

もし、「殺人罪で逮捕する」と言われたら、いさぎよく手錠をかけられよう。

でも、骨折が治ってからにしてほしいわね……。

その内に、ふと、

「え？」

と、伽奈は呟いていた。

あのときの光景。――男の写真を、大津田っていうもの好きな刑事が見せてくれたけど……。

しばらく考えていたが、伽奈はスマホを手に取ると、大津田のケータイにかけた。

「――やあ。まだ起きてるの？」

「まだって、十時ですよ。もともと夜行性です」

と、伽奈は言った。「ね、大津田さん。この前見せてくれた写真。殺されたかもしれないって男の人」

「ああ、山沼公吉ね。それが何か?」

「写真、もう一度、見せてもらえます?」

「いいよ。じゃ、ケータイに送ろうか」

「お願いします」

一旦切って、待っていると、すぐに写真が送られて来た。

「これだわ……」

伽奈は、しばらくその写真を眺めていた。

「そう……。確かに……」

伽奈はもう一度大津田にかけた。

「見憶えがある?」

「あのときの客らしいんですけど……。大津田さん、この写真、裏焼きになっていませんか?」

「さあ……。そこは分らないけど。――どうして?」

「私、この顔、何となく憶えてるんですけど……。髪の分け方が逆だったような気がして」

「逆? 確かかい?」

「いいえ。あんな混乱してたときなんで、はっきりは分りませんけど……」

「少し待ってくれるか。山沼公吉の他の写真に当ってみる」

「あ、そんなお手数を——」

「いや、僕も気になるからね。待っててくれ」

——余計なことしちゃったかしら？　知らない人です。見たことありません、で通してしまえば良かったけど……。

しかし、一旦気になると放っておけないのが伽奈の性格だった。

三十分近く、電話はかかって来なかった。

何でもなかったのか、他に用事が入ったのか。伽奈は少しまたウトウトし始めていたが……。

ケータイが鳴った。——もちろん、病院の中なので、マナーモードにしてある。

「遅くなってごめん」

と、大津田は言った。

「いえ、私が余計なことを……」

「山沼公吉の他の写真を見たが、あの通りで、裏焼きじゃないよ」

「そうですか。それじゃ、私の記憶違いで——」

「それでね、思い出したんだ。山沼公吉には双子の弟がいる。山沼哲二《てつじ》というんだが、そっちの写真を探し出した」

「双子の弟……」

「山沼哲二は髪の分け方が逆だった」

伽奈はちょっとびっくりして、

「ということは……。もしかしたら、あの店で死んだのは、その弟さんの方？」

「しかし、父親の国会議員山沼大樹からは、公吉の使っていた歯ブラシを提供してもらって、死体とＤＮＡが一致した」

「じゃあ、間違いないんですね」

「そこなんだ。山沼公吉は貿易の仕事をしていた。しかし、弟の哲二は、かなり問題があってね。神戸の方の暴力団と縁が深い。国会議員としては、息子に問題を起こされるのが一番怖いだろう」

聞いていて、伽奈は混乱して来た。

「あの……。大津田さん、私、何だか分らなくなって来たんですけど」

「当然だよね」

と、大津田はちょっと笑って、「いや、実は、まだ君にも話せない事情があるんだよ」

「は？」

「一つ頼みがある」

「何でしょう？」

「もし、この一件で、刑事が話を聞きに来たら、顔は見憶えがあるが、それ以上のことは知らない、と答えてくれ」

「ええ、それは……。あの……私が逮捕されること、ないですよね?」

こんなこと、訊かなきゃいいのに、と思いつつ、つい訊いてしまった。

「君、あの男を殺したの?」

「いいえ! 殺してません!」

少なくとも、殺すつもりで突き飛ばしていません、と心の中では付け加える。

「じゃあ、大丈夫だよ」

「そうですよね……」

「いずれ、もっと事情がはっきりしたら、君にも説明してあげる。しかし、君の話のおかげで、思いがけないことになるかもしれない」

「私、言わない方が良かった?」

「言っちゃってからじゃ、遅いだろ」

「そうですよね……」

「ありがとう。知らせてくれて」

大津田は、わざわざ礼まで言って、通話を切った。

「――わけ分んない」

と、伽奈は呟いた。

しかし、双子の兄弟を巡って、何かややこしいことがありそうだということは分った。

いずれにしても、

「私、関係ないわよね……」

そう自分に向って言ってから、伽奈は目を閉じて、また眠りに落ちて行った……。

8　仕掛け

充分に貫禄は身についていた。

「貫禄だけは大臣級よ」

と、娘にからかわれる。

要するに、山沼大樹は太っているのである。

若いころは……。

車の座席で、窓から見える国会議事堂を眺めて、思った。

若いころは、身軽で、議員秘書として、夜中でも休日でも、かまわず飛び回っていたのだ。

実際、同業の秘書仲間から、

「お前、いつ子供を作ったんだ？」

と、真顔で訊かれたものだ。

結婚式の当日も、夜から「先生」の演説について地方へ出張。ハネムーンはたった二日、どこへ行ったかもよく憶えていない。

それでも、双子の男の子、公吉と哲二を、そして娘も一人、持つことができた。

もっとも、その後、山沼はパッタリと妻に手を触れなくなって、そのまま……。

妻を可哀そうと思うことはなかった。自分が出世すれば、妻は幸せになる、と信じ込んでいたのだ。

しかし、現実はそうではなかった。

「——あの、先生」

と、ドライバーが言った。「どちらへ向いますか？」

「そうか。言ってなかったな」

と、山沼は苦笑した。「中野《なかの》の別宅へ行ってくれ」

「は？」

ドライバーが、聞き間違えたと思ったのか、「中野、でございますか？」

「そう言ったろう」

「かしこまりました」

車は車線を変更した。

ドライバーが訊き直したのも当然で、「中野の別宅」は、この数年、閉めたままになっているからだ。

夜の道は空いていて、車はスピードを上げた。そうすると、「先生」が喜ぶと分っているからである。

普通なら、都心から五十分かかる道を、二十分で来た。

「間もなくですが」

「うん」

「お待ちいたしますか？」

「そうしてくれ」

どれくらい待て、とは言わない。山沼自身が、秘書のころ、「先生」から、

「ちょっと待ってろ」

と言われて、妾宅《しょうたく》の表の車の中で、一日半待っていたことがあるからだ。

「待つ」のは仕事だ。何時間になるか、数分か、そんなことをいちいち言ってやる必要はない。

車は、別宅の表に着いた。

ドライバーは、この別宅の玄関の明りが点いていて、窓にも明りが洩《も》れているのを見て目を丸くしていた。

一軒家。――大きな工場があった跡地が、今もほとんど空地のままだ。

その中にポツンと建っている二階家は、ごくありふれた住宅だった。

車を降りた山沼は、鍵を取り出し、玄関を開けて中へ入った。

ひんやりとした空気に包まれる。

「おい!」

と、山沼は呼んだ。「どこだ!」

少し間があって、二階から階段を下りてくる足音がした。

「ぐずぐずするな」

と、山沼は言った。「何か食ったのか」

下りて来たのは、ぐったりと疲れた様子の男だった。

「父さん……」

と、公吉は言った。「もうすぐ死ぬるところだったのに……」

「馬鹿言え」

と、山沼は言った。「人間、食事を抜いたくらいで、そう簡単に死ぬものか」

「でも……死にたいよ」

と、力なく言って、公吉は階段に座り込んだ。

「しっかりしろ!」

山沼が怒鳴ると、公吉は電気に打たれたようにビクッとした。

「そんななりで、どこへも行けんじゃないか。さっさとシャワーを浴びて、ちゃんとしろ」

「でも……」

「大丈夫だ」

と、山沼が言うと、公吉の顔にやっと表情らしいものが戻って来た。

「――大丈夫、って？」

「大丈夫と言えば大丈夫だ」

「じゃあ……僕は捕まらないの？」

「当然だ。お前が捕まったら、俺の政治生命も終る」

「でも、どうやって――」

「いいから、早く仕度しろ！」

公吉は、元気を取り戻した様子で、二階へ上って行った。

山沼は居間へ入ると、ソファにゆっくりと身を沈めた。

長く人が出入りしていないので、埃《ほこり》の匂いがする。

ここに女を囲っていたのは、もう十五年も前のことだ。

あの女……。どうしているだろう。

愛人でいることに辛抱《しんぼう》できず、山沼との出会いや、こうなったいきさつを週刊誌にしゃべってしまった。

その話は、記事になる前に、編集長が山沼へ知らせたので、外に出なかった。

山沼は女をここから追い出した。当然のことだ。しかし、怒りはせず、一千万円の小切手を渡してやった。

女はそれきり沈黙した……。

――三十分ほどして、公吉が居間へ入って来た。

ネクタイはしていないが、何とか見られる格好になっている。

「腹が減ったろう」

「うん」

「来い」

――山沼は、公吉を車に乗せて、都心へと戻った。

なじみのレストランの個室で、公吉に思い切り食べさせた。――やっぱり父がいなくてはだめなのだ、と公吉に身にしみて分らせたのだ。

「――よく聞け」

と、山沼は言った。「お前は死んだ」

「え?」

ポカンとしている公吉に、

「他に手はなかった。死んだのがお前だということにした」

「それじゃ……。哲二は……」

「焼死体だ。見分けはつかなかった」

「でも……」

「ＤＮＡ鑑定もやった」

「それでも？」

「哲二のマンションから、あいつの歯ブラシを持って来て、お前のだと言って渡した」

「それじゃ、死んだのが僕で……」

「お前は哲二になる。お前らは似ている。もちろん親しい人間には違いが分る。何しろもう四十五だからな。いくら双子といっても、変ってくる」

「何とかしないと……」

「何年か、海外に行け。知人のいない辺りで、のんびりして来い」

と、山沼は言った。「その間に、うまく入れ替れるようにしておいてやる」

公吉は息をついた。

「――何だ、不満か？」

「そうじゃないけど……。父さんは怒らないの？　哲二だって、自分の子だ。その哲二を僕は殺したんだ」

「死んだ者は帰らん」

と、山沼は言った。「それに、あいつはいずれ俺の邪魔をしただろう」

公吉はまじまじと父親を眺めて、

「――怖いんだね、父さんは」

と言った。

「割り切り方を知っているんだ」

「だけど……。問題なのは……」

「分っとる。――心配の種は、伸子《のぶこ》だけだ」

山沼の妻、伸子は今六十五歳。夫とは別のマンションで暮している。

「母さんは、哲二を可愛がってた」

「ああ。――俺がお前を気に入っていたからな。あれは伸子の抵抗だ」

「母さんにはすぐ分るよ。僕が哲二のふりをしても」

「もちろんだ。何とかする。――何とかな」

自分が言ったことなら、必ずそうなる。山沼大樹には、それは当然のことだった。

しかし――食後のコーヒーを飲みながら、公吉の目には不安の影が浮んでいた。

自信に溢《あふ》れた山沼の目には、息子の不安の影は、見えていなかった……。

「お時間を取っていただき、ありがとうございました」

爽香はていねいに礼を言って、客をエレベーターまで送って行った。

「ああ、疲れた！」

思わず口をついて出る。

そばにいたあやめがちょっと笑って、

「誰が聞いてるか分りませんよ」

と言った。

「本当ね。――さ、戻ろう」

二人は、ビジネスのために借りたレストランの個室へと戻った。

ランチタイムとディナータイムの間、店を閉めている時間に、個室を使わせてもらったのだ。

「――お世話になりまして」

と、爽香は、店のマネージャーに礼を言った。

「いいえ」

四十代と見える女性のマネージャーは、「あと十分でディナータイムですが、お食事して行かれては？」

「あ……。ありがたいんですけど、私たちだけで食べると食事代が……」

とても、自分で払いたくなる店ではないのだ。

「でも、カレーとかございますよ」

「え？　メニューにありました？」

「常連の方だけにお出ししています。カレーでしたら、ごくお安くて」

「はあ……」

少し迷ってから、「では、カレーにします！」

「どうぞテーブル席の方で」

まだ客がいないフロアの奥のテーブルに、二人はついた。

「本当言うと、お腹ペコペコでした」

と、あやめが言うと、

「私もよ！」

と、爽香は笑って言った。

ディナータイムになって、何人か客が入って来た。

「――あら」

と、あやめが言った。「チーフ、あの女の子……」

「え？」

振り向くと、若い娘が一人で入って来て、

「多々良先生の……」

と、マネージャーに言っていた。

「はい。承っております。個室の方へ」

案内されて行く途中、爽香たちのテーブルのそばを通って、

「あ……」

と、足を止める。

「どうも」

と、爽香は会釈して、「その後、大丈夫？」

「はい。——その節はお世話に」

あの、火事の現場で、爽香の上に落ちて来た女子大生だ。

「失礼します」

と、小声で言って、行ってしまう。

「——火傷も大したことなかったんでしょうね」

と、あやめが言った。

「でも……」

と、爽香はちょっと心配そうに、「幸せそうじゃないわね」

「チーフ、また……」

「何も言ってないでしょ。でも、思わない？　学生らしく潑剌《はつらつ》としたところがない」

「それはそうですけど……。係り合わないで下さいね、チーフ」

と、あやめは念を押した。

分ってはいたが……。

あの女子大生の寂しげな雰囲気は、爽香の胸を騒がせた。

9　妻の眼

「いらっしゃいませ」

と、声がして、「お待ちでございます」

レストランの〈裏メニュー〉のカレーライスを食べていた爽香とあやめは、一瞬食べる手を止めた。

店の女性マネージャーに案内されて、個室へと入って行ったのは、四十代半ばかと見える男性で、いかにも上等なスーツを着ていた。

個室のドアが閉る前に、

「待ったかい？」

と訊く声がした。

マネージャーが、

「多々良様、コースをスタートして下さい」

と、シェフの方へ伝えるのが耳に入った。

「あの口のきき方……」

と、あやめが言った。

「そうね。いかにも、って感じのやさしさだった」

と、爽香は肯いて、「さ、食べてしまいましょ」

どう見ても、あの女の子の「彼氏」というタイプではないが、といって、仕事の打合せでもないだろう。

「――大学の先生ですかね」

係り合うな、と言っておいて、あやめも好奇心がないわけではない。

「そうね。――着てるものは高級だったけど」

「確かに」

人のことだとはいえ、そういう想像をめぐらすのは面白い。

「――コーヒーでも?」

と、カレーを食べ終えた二人に、声がかかる。

あの女性マネージャーだ。

「カレー、おいしかったです」

と、爽香は言った。「また仕事で来たときには、ぜひ」

「そんなこと」

と、笑って、「いつでもおいで下さい。こっそりお出しします。コーヒー、いかがですか？　サービスさせていただきます」

「そこまで甘えては……。じゃ、一杯だけ」

と、爽香は言った。

マネージャーが、コーヒーをオーダーすると、ウエイターの一人が、あわてた様子で、

「あの——今、駐車場に」

と駆けて来た。

「どうしたの？　お客様の前で」

「多々良様の奥様が」

マネージャーが一瞬絶句した。

「——確かなの？」

「はい、下の受付で駐車券を受け取られたと。すぐ上ってみえるでしょう」

マネージャーは息をついて、

「仕方ないわ。今さらどうしようも……」

と言うと、急いで個室へと歩いて行き、ドアをノックしてすぐに開けた。

「多々良先生、奥様がこちらに」

「え？」

——爽香とあやめは顔を見合せた。

想像していた通り、大学の教授と学生という取り合せらしい。そこへ教授の夫人が——。

「逃げようがないですね」

と、あやめが言った。

「先生の方は仕方ないけど、学生さんの方は気の毒ね」

個室から、あの女子大生がバッグを手に出て来た。どうしていいか分らずに、立ちすくんでいる。

「あなた」

爽香が呼んだ。「このテーブルにいらっしゃい」

四人がけのテーブルだ。女の子はやって来ると、空いた椅子にかけた。

「コーヒーを三つ、持って来て下さい」

と、爽香はマネージャーに言った。

「かしこまりました」

個室には、多々良という「先生」が一人で残っているわけだ。今さら逃げ出すわけにもいかないだろう。

すると、あやめが、

「私、チーフの病気がうつったみたいです」

と言うと、バッグを手に立ち上り、あの個室へと大股に入って行った。

「あの……」

と、目を丸くしている多々良へ、

「任せて下さい」

と、あやめは席について言った。「何も言わないで」

がっしりした体格の女性が、正《まさ》に決然たる勢いでレストランへ入って来ると、迷いなく個室へと――。

「あなた――」

と言って、初めて当惑した様子。

「奥様でいらっしゃいますか」

と、あやめは涼しい顔で、「初めてお目にかかります」

あやめは立ち上って、バッグから名刺を取り出すと、

「久保坂と申します」

と、夫人へ手渡した。

「はあ……」

夫人の方は呆気《あっけ》に取られている。

それはそうだろう。どこからか、夫が女子学生と密会していると聞きつけてやって来たのに、どう見ても学生でない女性がテーブルについている。

「ご主人様と、大学のイベントについて、ご相談しておりました」

と、あやめが言うと、多々良の方も、

「うん、そうなんだ」

と、やっと口を開いて、「これが家内の照代《てるよ》です。つまり、B女子大の学長というわけでしてね」

学長が妻！　——話を聞いていて、爽香はあやめがどうするつもりだろう、と思った。

「お目にかかれて光栄です」

と、あやめは言った。「今、ご主人様と話をしていたのですが、私の夫が絵かきですので、何かぜひお役に立ちたいと存じまして」

「画家でいらっしゃる……」

「はい。堀口豊と申します」

「堀口？　——あの……有名な堀口豊さんですか？」

と、夫人が目を丸くして、「奥様が、とてもお若い方だと伺ったことはありますが……。じゃ、あなたが？」

「はい。年齢は六十ほど違いますが、何とか仲良くやっております」

と、あやめはニッコリ笑って、「よろしければご一緒に」

「はあ……」

多々良照代は、夢でも見ているのかと思っている様子で、椅子にかけた。

女性マネージャーがホッとした様子で、

「では、コース料理を三人様に変更させていただきます」

と言った。

——爽香は、

「大した名優だわ、あやめちゃん……」

と、ひそかに舌を巻いていた。


三人での会食を終えて、多々良夫妻が帰って行くと、あやめは爽香たちのテーブルに戻って来た。

「お疲れさま」

と、爽香は言った。

そうとしか言いようがない。

「チーフと仕事してると、これぐらいの演技ができなきゃ、やっていけませんものね」

と、あやめは澄まして言った。

「私のせい？」

「そうですよ。時によっちゃ、殺人犯相手にするんですもの。私なんか、チーフの足下にも及びません」

「結局、私への皮肉じゃないの」

と、爽香は苦笑した。

「すみません。何度もご迷惑かけて」

と、女子大生は頭を下げて、「B女子大の二年生、茂木美幸といいます」

「物好きと思われるかもしれないけど、大学の先生とお付合するのは、慎重にね。特に奥さんが学長さんじゃ……」

「ええ。よく分ってるんですけど……。学長のご主人ってことで、あの教授は学生に対しては色々力を持っていて……」

「あの学長さんは、あなたのことを……」

「誰なのかはご存知じゃないと思います。というより、多々良先生の恋人は何人もいるんだと聞いてます」

「とても、そんなにもてそうに見えないけど」

と、あやめが言った。

「女子大なので、アルバイトにもとてもうるさくて。あの風俗の店にいたなんて知れたら、即座に退学です」

「お金が必要だったとか」

「そうなんです。資料を買うのに、学費の他にずいぶんお金がかかって。――家からの仕送りには頼れないので」

「でも、あの先生との間は、もう続けてはだめよ」

と、爽香は言った。「いつまでも、心の傷になって残るわ」

「はい……」

と、茂木美幸は目を伏せた。

「それで、あやめちゃん」

と、爽香は言った。「ドアが閉ってからは、どういう話になったの？」

「結局、話の勢いで、堀口豊の講演会をやることになりました」

「まあ。いいの、本人に了解取らなくて」

「大丈夫です、それくらい。でも――あんなにすんなり納得させられるなんて」

と、あやめは腕組みをして、「うちの旦那も、結構偉いんだな」

それを聞いて、爽香はふき出しそうになった。

そして――茂木美幸も、つられて笑ってしまったのだ。

「良かったわ。笑ってくれて」

と、爽香は言った。「あなたはまだ若いのよ。楽しいことを見付けて、毎日、新しいことが待っているんだ、と思って生きなきゃ」

それを聞いて、美幸は胸を打たれたようで、

「ありがとうございます」

と言った。「そんなこと言ってくれる人……誰もいなかった」

「毎日新しいのはいいけどね」

と、あやめが言った。「このチーフの真似《まね》しちゃだめよ。年中、犯罪に巻き込まれるっていう変った病気なんだから」

「犯罪って……。でも、あの火事も……」

「そうそう。まだ分らないのね、出火の原因って」

爽香はうまく話をそらした。

「あのとき助けてくれた、お店の伽奈さんと、ケータイで話しました」

と、美幸は言った。「骨折して入院してるので、退屈らしいです。それに私のことも心配してくれて」

「とてもいい人のようだったわね」

「そうなんです。でも――刑事さんが、火事のとき、お客で来ていたそうで」

「へえ」

「その人から、あの火事で死んだ人の中に、殺されたらしい人がいた、って」

「つまり——焼け死んだのじゃない、ってこと？」

「ええ。伽奈さんの話だと、あのとき私の相手だった人じゃないかと思うんです。もちろん、私は誰なのか知りませんでしたけど」

「ひどいお客だったって、伽奈さんが言ってたわね」

「ええ、それは……」

と言いかけて、美幸は胸を押えた。「すみません。思い出すだけで苦しくて……」

「言わなくていいのよ」

と、爽香は穏やかに言った。

「でも……救ってくれたんです、伽奈さんが」

と、美幸は息をついて、「伽奈さんと杉原さんがいなかったら、私、今ごろ生きていないと思います」

「せっかく助かった命なんだから、大切にしてね」

と、爽香は微笑んで言った。

「チーフ」

と、あやめが渋い顔になって、「それにしても、また殺人事件ですか？」

「私は関係ないじゃない」

「どうだか。――私、お給料に〈ボディガード手当〉っていうの、付けてもらおうかしら」

美幸が目を丸くして、

「そんなに危い目にあっていらっしゃるんですか？」

「それが……。話し出したら、徹夜になるわよ」

「聞きたいです！」

と、美幸が身をのり出す。

「あやめちゃん！」

と、爽香がジロッとにらんで、「文句言いながら喜んでるじゃないの」

美幸がまた明るく笑った。そして、

「私、大学出たら、杉原さんの部下になりたいです」

と言った。

「お気持はありがたいけど、まずしっかり勉強してね」

と、爽香は言った。「あの学長さんの目が光ってるでしょ。教授の方も、少し慎んでくれないとね」

「難しいんじゃないですか」

と、あやめが言った。「あの手の男の人は、なかなか変りませんよ」

「それは言えてるわね。美幸さんの方でも、流されないようにしなくちゃ」

「分ります」

「今日の出来事は、いいきっかけかもしれないわよ。きっとあの先生も肝を冷やしたでしょうしね」

と、爽香は言った。「ただ――あなたはどうなの？　あの先生にひかれてる？」

「いえ、ちっとも」

と、美幸は即座に言った。「ただ、私はどうしてもアルバイトのこととか、あの先生にお願いしないといけなくて……。それで誘われると断っちゃいけないんだ、と思い込んでしまったような……」

「それが『流される』ってことよ。向うはあなたのそういう気持を利用してる。どこかで流れに逆らって踏みとどまらないと」

「はい。――私も、今日どうなるかと思って、ハラハラしました。それに、学長先生がみえると聞いたときの、あの人の表情。――いつもの、自信たっぷりな取り澄ました様子と全然違って、まるでいたずらがばれた子供みたいな、『しまった！』って顔をしたんです。私、いくらかは、あの人の教養とか知性に憧れてたところがあったんですけど、あの瞬間に、何もかも色あせてしまいました」

話している内に、美幸の表情が少しずつ明るく、そして背筋が伸びてくるのが、手に取るように分った。

「それでいいのよ」

と、爽香は言った。「一度、あやめちゃんのご主人にお礼を言いに行ってね」

「はい、そうします」

——思いもかけない成り行きで、爽香たちがレストランを出るのは、ずいぶん遅くなった。

それでも、そう後悔はしていない爽香だった……。

10　名もない男

「本当に……情ない！」

と、涙を拭ったのは井田梨花である。

「で、お父さんは、やってないと言っていたのね？」

と、爽香は言った。

「そうなんです。だったら、どうして認めちゃったのよ、って……」

――昼休み、〈ラ・ボエーム〉で、爽香は井田梨花と会っていた。

もちろん、忠実な久保坂あやめも一緒である。

妻殺しの疑いをかけられている井田和紀だが、取調べに音を上げてか、容疑を認めてしまった。

「でも、取調べは辛いんでしょう」

と、爽香はため息をついて、「自白したことを責めては可哀そう」

「そうですね」

と、あやめも珍しく（？）同情的。「やってもいないのに自白してしまう人が、いくらもいますものね」

「でも、弁護士の沢畑さんには叱られました」

と、梨花は言った。「一度自白してしまったら、くつがえすのは大変だって」

「そうでしょうね」

沢畑も爽香の旧知の男だ。

「でも、一つ……」

と、梨花が身をのり出す。「父が思い出したことがあって」

「事件のことで？」

「ええ。一人で歩き回ってて、家に戻ろうとしたとき、公園の入口で、ホームレスらしい男の人とすれ違ったそうです。父のことを見ていたと言ってました」

「その人を見付けられれば、少なくとも有利になるわね」

と、あやめが言うと、爽香は、

「完全なアリバイにならなくても、お父さんが嘘をついていないという証明にはなるわね」

と肯いて、「沢畑君にはそのことを？」

「伝えました。ホームレスの人は、同じ場所に戻ってくることが多いというので、事務所の若い人を行かせて、当ってみるそうです」

梨花の口調に明るさが戻って来た。

爽香は少しホッとしていた。

ともかく、井田の力になりたくても、そのために使える時間は限られている。

「でも、すみません」

と、梨花がちょっと改まって、「爽香さんに、色々相談にのっていただいて。お忙しいのに」

「いいのよ」

本当はどう思っていても、つい、こう言ってしまうのが爽香である。「何か力になれることがあったら言ってね」

あやめが、ちょっと苦笑しながら、そんな爽香を眺めていた。


委員会の最中だった。

「先生」

秘書の男性が、山沼大樹のそばへやって来て、メモを渡す。

ちょっと眉をひそめた山沼だったが、メモを一目見ると咳払いして、

「失礼。――ここで、五分間休憩したい」

委員たちは戸惑っていたが、山沼がそう言えば仕方ないので、口を閉じる。

「皆さんにコーヒーを」

と秘書に言いつけて、山沼は部屋を出て、すぐ向いの応接室へと入って行った。

「おい、何だ。今、委員会を――」

と、山沼が言いかけるのを遮《さえぎ》って、

「何があったの？」

と、鋭い声が言った。

「どうしたっていうんだ。――こんな所で騒がないでくれ」

ソファから腰を浮かしているのは、山沼の妻、伸子である。

「哲二と連絡が取れないのよ！」

と、伸子は言った。「何か知ってるんでしょ？」

「おい、待て」

と、山沼は言った。「公吉が死んだことは親しい人間に知らせてある。もちろん、本当ならきちんと葬儀をやるところだが、何と言っても、ああいう店で死んだとあっては、そうもいかん。お前だって、公吉が死んで悲しくないのか」

「あなたが私の分も、二人分悲しめばいいわ」

と、伸子は言った。「それより哲二よ。どこにいるの？」

「俺は知らん」

と、山沼は首を振って、「哲二がフラリとどこかへ行っちまうなんて珍しいことじゃあるまい」

「いいえ。どこへ行ってるにしても、私とケータイで連絡はしていたわ。でも、今度はかけてもつながらない。哲二から何の連絡もない。こんなこと、あり得ない！」

山沼はうんざりしたように、

「公吉のことを、お前が嫌ってたことは知ってる。しかし、自分の息子だぞ。少なくとも世間がいぶかしく思わないようにできないのか」

「分ってるわよ。そんなこと」

と、伸子は目をそらして、「でも、公吉がいなくなった今、哲二はこれまで以上に大切になってくるでしょう」

「あいつに何を継がせるんだ？　哲二は何もできない」

「そんなことはないわ！　これまでは、あの子、ツイてなかったのよ。チャンスさえあれば――」

「これまで、どれだけのチャンスを与えて来たと思ってるんだ？　やりたいと言うことは何でもやらせて来た。一体どれだけの金を注ぎ込んだか」

伸子はいまいましげに夫をにらんで、

「あなたは、死んだのが哲二なら良かったと思ってるんでしょ」

と言った。

「どっちも俺の息子だ。しかし、DNA鑑定までやった。死んだのは公吉だ」

「知ってるわ」

伸子は立ち上って、「でもね、哲二が生きてるのなら、必ず見付けてちょうだい！」

そう言い捨てると、伸子は出て行った。

山沼は、そっと息を吐くと、

「何とかしなきゃならんな……」

と呟くように言った。


演技というほどのものじゃないが、とぼけることには慣れている。

「まあ、大変な状況だったことは分るよ」

刑事の方からそう言ってくれたのは、ラッキーだった。

「もう、煙と匂いで、目は痛いし、喉は苦しいし……」

と、根室伽奈は、少しわざとらしかったが、咳込んで見せた。「ね？　いちいちお客の顔なんて憶えちゃいられませんよ」

「言うことはもっともだと思うがね」

と、まだ若い刑事は困ったように、「しかし、一応話を聞かないわけにはいかないんでね」

「ええ、それはそうでしょうけど……」

「君はあの店の二階にいた。——そうだね？」

「そうです」

「下から煙が上って来るのを見て、焦って逃げた」

「そうでない人っています？」

「もちろん分ってるよ。ただ——二階にいたと思われる男性が死んでいる。それも焼死や、有毒ガスを吸い込んでの死じゃなかったんだ」

「それで、私がどうにかしたと？」

「そうは言わないよ。ただ、この男の相手をしていたのが誰だったか、分るかと思ってね」

刑事が写真を見せる。——あの男だ。

「そう言われても……。二階には他にも三つ部屋がありましたから。他の部屋だったら、いちいち顔なんか見ちゃいませんよ」

と、伽奈は言った。

「他の部屋にいた女の子が誰だったか分るかい？」

「さあ……。店のマネージャーしか分らないんじゃないですか」

「しかし、マネージャーは行方《ゆくえ》不明だ」

「火元の責任、取らされるのがいやなんでしょうね」

「どこに住んでるとか、知ってる？　君はあそこじゃベテランだったんだろ？」

「私生活は訊かない、っていうのが、あの手の店の常識ですよ。女の子だって、あだ名で呼んでて、本名なんて知らないし」

と、伽奈は言って、「他の子、助かったんですか、みんな？」

「いや、二人亡くなってるね。一階にいた人間の方が、早く逃げられるような気がするが、結構ガスを吸って動けなくなることがあるんだ」

「そうですか……。可哀そうに」

「しかし、他に、あの店にいた子が誰なのか、さっぱり分らないんだ」

「逃げたんですよ。あの店で働いてて、火事のニュースで、ＴＶに顔が出たりしちゃいやだもの。だって、ほとんどの子は、ああいう店に喜んで来てるわけじゃないわ。身許が分らない内に、病院から逃げたんじゃないですか」

「うん、そうだね」

と、刑事が肯いて、「ともかく、この写真の男に見憶えがない、ということだね」

「そうですね。ごめんなさい」

「いや、こっちこそ、入院中なのに、すまんね」

刑事は写真をポケットにしまって、「じゃ、もし何か思い出したことがあったら、いつでも連絡してくれ」

「分りました」

「邪魔したね」

と言って、若い刑事は病室を出て行った。

——伽奈はホッとして、少し目を閉じていたが、その内、目を開けると、ケータイで大津田にかけた。

「——やあ、どうした？」

「今、若い刑事さんが……。もう帰りました」

「そうか。じゃ、頼んだ通りにしてくれたね？」

「ええ。納得してたみたいですけど」

「ありがとう。今度、ゆっくり話をしよう」

「ええ、そうですね」

と、伽奈は言った。「この間のお話、どうなったんですか？　双子の兄弟って……」

「あんまり気にしないことだよ」

大津田は、はぐらかすように言って、「前に言った通り、君が退院したら、ぜひ一度デートに誘いたい。いいだろ？」
と、明るく言った。

11 接触

ああ、ここだった……。

爽香は、病院の前でタクシーを降りて、初めて気付いた。

あの火事のとき、打ち身で運び込まれたのが、この病院だった。病院の名前を憶えていなかったので、着くまで分らなかったのである。

社長の田端に頼まれて、取引先の社長の見舞に来た。病院の名前のメモをもらって、駅前からタクシーでやって来ると――というわけである。

個室に入っているというので、受付で訊いて、エレベーターへ。

――見舞先は、至って簡単に分った。ちょっとした手術はしたが、命にかかわるような病気でもなく、まだ四十代と爽香とほぼ同い年の若い経営者である。

パーティなどで何度か話をしたことがあり、向うも爽香が田端の代りに来たのを喜んでくれた。

「今日来てくれて良かったよ」

と、その社長は言った。「もう二、三日遅かったら、退院してたかもしれない」

「じゃ、お見舞のお菓子も、召し上る暇がありませんね」

「看護師にあげる。親切にしてくれるぜ」

と、明るく笑った。

退屈しているのか、その後も爽香を相手に色んなおしゃべりが止まらない。

「そういえば、〈G興産〉、来年五十周年なんだろ? 君が記念行事、任されてるって聞いたぞ」

〈N化成〉の社長、岡崎紘司《おかざきこうじ》はそう言って、「君のことだ。もうしっかりプランはできてるんだろうね」

「岡崎さん、プレッシャーかけないで下さいよ」

と、爽香は苦笑して、「頭悪いんで、何も思い付かないんです。いいアイデア、あったら教えて下さい」

「君は、他の人間がどう言ったって、やりたいようにやるだろ。それでいいんだ」

「ありがとうございます。でも、本当に今のところ白紙で……」

「分ったぞ。記念行事に使える予算がまだ出てない」

まさに当りなので、爽香は返事ができなかった。岡崎は続けて、

「予算なんか待ってちゃだめだ。プランをざっさと作って、『これだけかかります』っ

て言ってやりゃいいのさ」

「私、そんなに偉くないんですよ、岡崎さん」

と、爽香は言った。「社長でもないし」

「そうか？　お宅の田端社長が、いつか『うちじゃ、僕より杉原の方が偉いんですよ』って言ってたぜ」

「そんな、ひどい！」

と、爽香は目をむいて、「社へ帰ったら、社長室に殴り込みをかけます」

「そういうところが怖いんだろ」

「冗談です。社長が何かと私をかばってくれるので、本当にありがたいと思ってるんですよ」

「いい社員を持って幸せだよ、田端さんは」

「ぜひ、田端に直接言ってやって下さい」

と、爽香は言った。

——結局、一時間近く岡崎の病室にいて、爽香はやっと廊下へ出たが、

「そうだわ……」

あの火事のとき、爽香の上に茂木美幸を投げ落とした女性——「伽奈さん」といったか——が入院しているはずだ。

ついでに、ちょっと寄って行こうと思った。本当に「ついで」だったのだが……。


「まあ、わざわざ……」

と、根室伽奈が言うと、爽香は、

「いいえ、『わざわざ』じゃなくて、『ついで』なんです」

と、訂正した。「たまたま、ここに入院してらっしゃる方をお見舞に来たので」

「そうですか。でも、お顔が見られて嬉しいです」

爽香は、あのとき病院から連れ出した茂木美幸と、偶然出会った話をした。

「そうですか。じゃ、〈みゆき〉ちゃん、大学に通えてるんですね。良かったわ」

と、伽奈は言った。「ご迷惑をおかけして、すみません」

「いいえ、少しでもお役に立てば」

と、爽香は言って、「じゃ、これで失礼します。お大事に」

「ありがとうございます」

「ああ、そういえば、美幸さんが、何だか刑事さんが火事のときお客だったとか……」

「お聞きになったんですか？　人の好《よ》さそうな刑事さんで。亡くなった人の中に、殺された人がいたとか何とか……。詳しいことは教えてくれないんですよ」

「それはそうですよ。あんまり妙なことに係らない方が」

「そうですね。そうします」

と、伽奈は肯いて、「ありがとうございました」

爽香は病室を出て、エレベーターへと歩き出した。

ナースステーションの前を通りかかると、グレーのコートをはおって、ソフト帽をかぶった男が、

「根室伽奈の病室は」

と訊いているのが耳に入った。

「そちらさまは？」

「叔父です」

数歩先まで行って、爽香は足を止めた。

あの茂木美幸から、根室伽奈のことを聞いたとき、「伽奈さんは身寄りがないそうなんです。一人暮しで」と言っていたのを思い出したのである。

振り返ると、伽奈の病室を教えられたコートの男が、

「どうも」

と会釈して、ナースステーションを離れるところだった。

だが、男は病室へ向かわず、廊下の奥にある男子トイレに足早に入って行った。

何だか……。気になった。

トイレに寄ってから見舞うことはあるだろう。しかし、今の男の様子は、何か「予定の行動」という風に、爽香には見えたのである。

そんなこと、いちいち気にしなくても……。

頭ではそう思っても、爽香の直感が足を止めさせていた。

コートの男は、すぐに廊下へ出て来て、真直ぐに病室へと向った。

男が病室へ入る。——そして、左右のベッドへ目をやりながら、奥へ。

伽奈のベッドのそばへ行って足を止める。

伽奈は週刊誌を読みかけて、そのまま寝入ってしまったようだ。

男の右手はコートのポケットに入っていた。

ポケットの中で、何かを持ってる、と爽香は思った。爽香は男のすぐ後から病室へ入って、男の背中へと近付いていた。

男の右手がポケットから出た。——持っているものは、よく見えなかった。

しかし、一瞬、何か細く光ったものがある。

注射針だ！　男は注射器を手に、伽奈の上にかがみ込んだ。

「やめて！」

爽香の叫び声に、男がギョッとして振り返った。爽香は手にしていたバッグを、男の右手に叩きつけた。注射器が床に落ちる。

男は爽香を突き飛ばすと、病室から駆け出して行った。

爽香は隣の患者のベッドにぶつかって、床に尻もちをついた。

「――どうしたんですか？」

目を覚ました伽奈が、床に座り込んでいる爽香を見て、呆然《ぼうぜん》としていた。


「大丈夫ですか、チーフ！」

心配して訊いている、というより、叱っているような口調なのは、もちろん久保坂あやめである。

「何ともないわ。ちょっとお尻を打っただけ。それと、肘《ひじ》もすりむいたけど」

細かいことも、ちゃんと申告しないと、あやめが怖い。

「どういうことなんですか？」

「知らないわよ、私だって」

と、爽香は言った。

これは本当の話だ。

爽香は病院の応接室にいた。――何が起ったのか、調べなくてはならない。

看護師が顔を出して、

「根室さんがお会いしたいと」

と言った。

爽香とあやめは、病室の伽奈の所へ向った。

ベッドのそばに、四十前後と見える男が立っている。――刑事だ、と爽香は直感した。

「杉原さん。私、何とお礼を言えばいいのか……」

と、伽奈は言った。

「大津田です」

と、男が名乗った。

「刑事さんですね。伽奈さんのお客だったという……」

「いや、びっくりしました。まさかこんなことになるとは」

「あの注射器は？」

「今、中に入っていた液体を調べています」

と、大津田は言った。「そのときのことを詳しく伺えますか？」

「私、たまたまここに入院している方のお見舞に来て、根室さんのことを思い出したものですから……」

爽香は淡々と説明した。さすがに（？）こういう場に慣れているのだ……。

「大津田さん」

と、伽奈は言った。「私、殺されそうになったの？」

「うーん……」

大津田は腕組みして、「まさか、コートをはおった男が君に栄養注射しに来るわけもないしね」

「ともかく、杉原が居合せたのは偶然なんですから！」

と、強い口調で言ったのはあやめである。「これ以上、係らせないで下さい！」

「あやめちゃん、気持は分るけど……」

と、爽香はなだめて、「でも、大してお役には立てないと思います。背丈は一七〇センチぐらいだったと思いますが、ソフト帽をかぶっていて、この薄暗い中では、顔は分りませんでした。ほんの一瞬のことだったし」

「分りました」

「私より、ナースステーションで病室を訊いていましたから、そのとき対応した看護師さんの方が、顔をよく見てるかもしれません」

と、爽香は言って、「私、仕事があるので、社へ戻らなくてはなりません」

「ああ、もちろん結構です」

と、大津田は言った。「必要があればご連絡します」

「よろしく」

爽香は伽奈の方へ、「何なら、こちらの刑事さんからお願いしてもらって、病室を移った方がいいかもしれませんよ」

「行きましょう、チーフ」

あやめが促す。——廊下へ出ると爽香は、

「言いたいことは山ほどあるでしょうけど、今は黙ってて。人助けしたんだから」

「了解しました」

やや不満そうではあったが、あやめはそう言って、「じゃ、会社へ急いで戻りましょう」

と、爽香をせかした。

病院の玄関前にはタクシー乗場がある。

すぐに乗って、会社へと向いながら、爽香は言葉少なに考え込んでいたが……。

「でも、どうして……。あの伽奈さんが狙われるわけが分らない」

「チーフ、またそんなことを……」

「今だけよ。だって、あの人は直接何かに係ったってわけじゃないでしょ?」

「まあ……。そうですね」

「注射で殺そうとするなんて、普通じゃ考えられない。ともかく、あの伽奈さんは、自分でも知らずに、何か秘密を知ってしまったんだわね」

「チーフは関係ないんですから……」

「分ってるわよ」

と、爽香は微笑んで、「でも、あの人を助けられて良かった。それは同意してくれるでしょ？」

「そうですね……」

あやめにしても、あの茂木美幸の窮地を救っているので、あまり爽香にやかましくは言えないのだが……。


いくら政治家はタフだと言っても、くたびれるときはくたびれるのである。

「――参った！」

山沼大樹は、パーティ会場をやっと抜け出すと、「おい！　少し休むぞ！」

と、秘書へ言った。

「はあ。どちらで休まれますか」

と、若い男の秘書は、「お部屋を取りましょうか」

「うん……。そうだな。一時間ほど横になる。何かあれば、ケータイへかけろ」

パーティ会場はホテルの宴会場だ。すぐに手配して、ひと部屋取ると、山沼は手足を伸ばすことにして、

「ああ……」

と、部屋へ入るなり大欠伸した。

横になったら眠ってしまいそうだが、何かあればケータイが鳴って起こしてくれるだろう。

山沼は上着を脱いでソファへ放り投げ、ネクタイを外すと、そのままベッドに横になった。

パーティで大勢に挨拶して疲れたのだが、なかなか眠れなかった。興奮しているせいだろう。

「何か飲むか……」

ベッドのそばの電話へ手を伸し、ルームサービスで、ウイスキーを頼んだ。

「頭が痛いぞ……」

と呟いたのは、もちろん、妻の伸子のことがあるからだ。

哲二と連絡が取れない状態が続くと、やはりうまくない。

といって、本当のことを打ち明けたら、伸子がどうするか。冷静に話の出来る状態ではとてもいないだろう。

何か、うまい手を考えなくては……。

部屋のチャイムが鳴った。いやに早いとは思ったが、山沼はベッドを離れてドアを開けに行った。そして、ドアを開けると、

「ご苦労――」

と言いかけて、言葉が途切れた。

どう見てもルームサービスではなかった。

ジーンズをはいた、長い髪の女が立っていたのである。

「お前……」

山沼は眠気がどこかへ飛んで行ってしまった。

「久しぶりね、お父さん」

それは娘の郁子《いくこ》だった。しかし――。

「おまえ、ニューヨークにいるんじゃなかったのか」

「今はここにいるでしょ。なかなか会えないから、様子をうかがってたの。入ってもいい？」

「ああ……」

娘を中へ入れると、ちょうどルームサービスのウイスキーがやって来た。

「あら、気がきくわね」

山沼は苦笑して、もう一つ厄介の種が増えた、とため息をついた。

12 喪失

アパートの階段を上る足取りは、いやでも重くなった。

もちろん、階段も、二階の通路も冷え冷えとして、少しのぬくもりもない。加えて、部屋へ入ったところで、待っているのは、暗闇と冷え切った空気ばかりだ。

克代《かつよ》は、やっとアパートに辿り着いたところだった。

退屈な勤めから帰っても、そこはもっと退屈な孤独だけ。以前は——少なくとも、今日は待っていてくれる人がいるかもしれない、という期待があったのに。

今はもう、それも消えてしまった。

部屋のドアの前まで来て、足を止めると、克代はバッグからキーホルダーを取り出して、鍵を……。

「え?」

鍵がかかっていない。そんな……。

かけ忘れたのかしら?

いつもの克代なら、そんなことはあり得ないのだが、今は自信がない。中へ入った克代は、一瞬ゾッとした。部屋の中が暖かかったのだ。こんなはずはない……。

「誰かいるの？」

と、震える声で言って、手探りで明りのスイッチを押した。

「お帰り」

畳にあぐらをかいている男を見て、克代はしばし呆然としていた。

「あなた……」

「びっくりしたろ？　すまん。——おい！　克代！」

あわてて立ち上ったのは、克代が玄関に尻もちをついてしまったからだ。

「大丈夫か？」

「あなた……。でも、どういうこと？」

「死んだのは弟の哲二なんだ」

と、山沼公吉は言った。「知ってるだろ。双子の弟で……」

「ええ。でも——あなたが死んだって……」

「分ってる。色々事情があるんだ。——お化けじゃないぞ。ちゃんと足があるだろ」

「ええ、本当に！　じゃ、あなたなのね、ここにいるのは」

克代はやっと信じられたように、公吉の手を握った。

「立てるか？　――ごめんよ、驚かせて」

「もう……。死ぬかと思った！」

と言ってから、「変ね。あなたが生きてたから死にそうって……。でも……嬉しいわ！」

克代は、正式な山沼公吉の妻である。

しかし、公吉は克代の存在を父親に話していなかった。

「あなた……。隠れなきゃいけないの？」

「いや、そういうわけじゃない。というか、表向き、死んだことになってるが、このアパートなら誰も俺のことなんか知らないからな」

「じゃあ……私、びっくりするとお腹が空くの。何か食べに出ましょう」

公吉は笑って、

「分った。近くの定食屋でいいか？　高級店は危いからな」

「どこでもいいわ！」

正直、夫が死んだと聞いていたので、食欲も失せていたのだ。今、突然食欲が湧いて来たのである……。

「おい、大丈夫か」

公吉は、また心配していた。今度は、克代が定食を二人前、猛烈な勢いで食べてしまったからだった。

「——お腹が苦しい」

と言いつつ、克代はお茶を飲んだ。

克代は今三十七歳。——以前は、会社に勤めながら、夜は映画館の売店でアルバイトをしていた。

たまたまその映画館に入った公吉が、売店で飲物を買った。そのとき、彼女が、公吉のスーツに付いていた糸くずを取ってやったのがきっかけという……。公吉も、後になって気恥ずかしくなるような出会いだった。

格別に美人というわけでもなく、やや太めの体つきの克代は、一緒にいて安心できる相手だった。四十五歳まで独身だった公吉は、立場上、遊び相手に不自由しなかったが、結婚など考えたこともなかったのである。

それが——この克代と一緒にいると、今まで味わったことのない、何とも言えない安らぎと解放感を覚えたのである。

いや、正しくは、それまで無意識の内に父親の手に手綱《たづな》を握られていて、ほとんど自分の自由というものが存在していなかったことに気付いたというべきだろうか……。

公吉はちょくちょく彼女のアパートに泊るようになった。そして——呆気ないほど当り前に、

「結婚しようか」

という話になったのである。

「——今晩は泊れるの？」

と、克代が訊いた。

「ああ」

泊れる、というより、他に泊るところがない。あの別宅では、寂しくてたまらない。

しかし——克代の嬉しそうな表情を見るにつけ、公吉の胸は痛んだ。

俺は逃げなくてはならない。

少なくとも当分は、どこかへ姿を隠していなくては……。

「何か言ったか？」

公吉はフッと我に返って言った。

「聞いてなかったの？」

「すまん。ちょっと考えごとをしていた。それで——何の話だ？」

「子供ができたの」

克代がアッサリ言ったので、公吉も、

「そうか。それはおめでとう」

と言ってしまって……。

「おめでとう、って……」

「おい。――それは、俺の子供ができた、ってことか？」

「当り前でしょ。夫婦なのよ」

「それはそうだが……」

公吉は何と言っていいのか分らなかった。

考えてもみなかったのだ。――俺の子供が生まれてくる？

「あなた、大丈夫？」

父親が言ったように、しばらく外国へでも行っていなくては……。

しかし、そうなると、克代はどうなるんだ？　生まれてくる子供は？

公吉は、どうしていいか分らなかった。

そして……。


「ここに、赤ん坊がいるのか」

公吉は、風呂上りの克代の裸の下腹に手を当てて言った。「まだ大きくないな」

「やっと三か月よ」

と、克代が笑って、「でも、順調に育ってるわ」

「そうか。――嬉しいか？」

「もちろんよ！　もう三十七だし、子供は無理かな、って思ってたから」

「俺は四十五だ」

「まだ若いわ。大丈夫よ」

と、克代は言って、「服着ないと、風邪ひくわ。あなた、お風呂に入ったら？」

「そうだな」

今は……。今はまだどうするか決めなくていい。ともかく今夜は。

克代がパジャマを着て、二人分の布団を敷く。ダブルベッドを入れるほどの広さはないのである。

公吉が伸びをして、服を脱ごうとしたときだった。

いきなり、玄関の鍵がカチャリと音をたて、ドアが開いた。

「誰？」

克代がびっくりして立ちすくむ。

公吉は愕然《がくぜん》として、そこに立っている父親を眺めていた。

「父さん……」

「知らんと思っていたのか」

と、山沼大樹は言った。「どういうつもりだ。こんな所で。これで隠れているつもりなのか？」

「父さん、この女《ひと》は——」

「知っとる。結婚してるんだな。しかし、お前はこれからしばらく人目につかないように姿を消さんといかんのだぞ」

「お父様ですか」

と、克代はおずおずと言った。「公吉さんとは——」

「別れてくれ」

と、山沼は遮った。「金は出す。一千万か二千万？　三千万でどうだ」

「父さん、やめてくれ」

公吉は克代の手を握った。「俺はこの克代と一緒にいたいんだ」

「そんな呑気なことを言っていられる立場じゃないだろう」

山沼はコートを着ていたが、「寒いな。閉めるぞ」

と、ドアを閉め、部屋へ上って来る。

「あの……」

と、克代が少し改まって、「私たちは正式な夫婦です。別れるつもりはありません」

「そうか。では公吉は殺人罪で刑務所行きだが、それでもいいのか」

「殺人？」

「公吉は弟の哲二を殺したんだ」

克代は大きく目を見開いて公吉を見ると、

「本当なの？」

と訊いた。

「成り行きだった。殺すつもりはなかったんだ」

「あなた……」

克代は少しの間、公吉を見つめていたが、

「――分ったわ。でも、私はあなたの妻よ。もしあなたが逃げるのなら、ついて行くわ」

「どこへ行くんだ？」

と、山沼は苦笑して、「日本は狭いぞ」

「それに、父さん、彼女のお腹には俺の子がいるんだ」

「子供だと？」

それは山沼にも思いがけなかったらしい。

「本当です」

と、克代は言った。「ですから私、決して――」

「しょうがない奴だ」

と、山沼は苦々しげに、「いいかね。公吉は私の下で働く。私の役に立ってもらう。そのためには、こいつを哲二ということにしなきゃならんのだ」

「どういう意味ですか？」

「公吉は死んだ。公的に、そうなっている。分るか？　あんたはもう未亡人だ」

「でも——この人はここにいます！」

と、克代はしっかりと公吉にしがみついた。

「父さん」

と、公吉は言った。「何でも父さんの言う通りにする。ただ、克代と子供のことだけは譲れない」

山沼は信じられないような表情になって、

「お前がそんな口をきくのを初めて聞いたぞ」

と言った「やれやれ……」

山沼は、ドカッと座り込んで、

「では、どうしたらいいか話し合おう」

と言った。

克代がクシャミをした。

「もしもし」

「あ――杉原さんですか」

「杉原爽香ですが」

「私、根室伽奈です」

「ああ。大丈夫ですか、その後？」

「おかげさまで」

と、伽奈は言った。「あの大津田刑事さんの考えで、病院を移ることにしたんです」

「なるほど。その方がいいかもしれませんね」

爽香は、風呂上りで、パジャマ姿だった。

「ちょっと待って下さいね」

「あ。すみません。お忙しいのに……」

「いえ、大丈夫です」

爽香は靴下をはくと、居間のソファに落ちついた。

「それで、一応、移った病院をお知らせしておこうと思いまして」

「分りました。わざわざどうも」

爽香はメモを取って、「ともかく、お大事に」

「ありがとうございます。命を助けていただいて……。注射器に入ってたのは、何とかいう、血を固める薬だったそうです。血管が詰まっていたかも」

「注射器と薬液から、何か分るでしょう。でも、用心に越したことはありませんよ」

「はい。でも――杉原さんは、これまでもずいぶん事件を解決して来られたそうですね。あのTV局の人が言ってました」

「大げさですよ。まあ、我ながらよく生きてると思いますけど」

と、爽香は笑って言った。

「私なんか、人に狙われるような人間じゃないのに……」

「そう。そこなんです。あなたは何かとても大切な情報を持ってるんですよ、きっと」

「でも――何なのか、見当がつきません。何なんでしょう？」

訊かれても困る爽香だった。

13　明日は霧の中

本当にもう……。

面倒くさい、とは思ったが、そこは社長の命令である。爽香は、田端社長から朝一番に呼び出され、何を叱られるのかと覚悟して社長室に出向いたら、

「これ、忘れてた。岡崎さんに届けてくれ」

と、業界誌主催のパーティへの招待状を渡された。

「岡崎さんって――〈N化成〉の、ですか？　ついこの間、お見舞に……」

「うん。そのとき預ければ良かったんだが、ついうっかりしてね」

「はあ……」

「何しろ来週なんだ、パーティ」

「じゃ、ご無理ですよ。手術されたんですから」

「一応、渡してくれ。僕が幹事なんで、忘れたとは言いにくい。何なら、その場で返信ハガキをもらって来てくれていい」

「分りました」

まあ、社長とはこういうものだ。

というわけで、爽香はまた〈N化成〉の社長、岡崎の入院先へとやって来たのである。

「ええと……」

特別個室という、ホテル並みの料金を取られる病室だ。――ここだ、確か。

「失礼します」

と、声をかけて、そっと戸を開ける。

中は静かだった。そして、ベッドは空になっていた。

「え……」

もう退院しちゃった？　あのときも、二、三日したら退院とか言っていた。

しかし、見回すと、コート掛けに女性物のコートが残っている。まだいるということか？　もしかして、検査にでも行っているのかもしれない。

「どうしよう……」

持って来た招待状を手に、迷った。黙って置いて帰るわけにもいかない。ともかく、ナースステーションに行って訊いてみよう。

そう思ったとき、

「どなた？」

と、女性の声がした。

戸が開いて、スーツを着たスラリとした若い女性が立っている。写真で見たことがあった。

「奥様でいらっしゃいますね」

と、爽香は言った。「〈G興産〉の田端の代理で参りました。突然伺って申し訳ありません。ご主人様にお渡しするものがありまして……」

爽香は言葉を切った。――岡崎の妻の様子が普通でないことに気付いたのだ。

青ざめて、目が赤くなっている。

「あの……ご主人様は……」

「主人は亡くなりました」

と、夫人は言った。

爽香はしばらく何も言えずに立ち尽くしていた。驚くことさえできなかった。

「あなた、杉原さん？」

と、夫人が言った。

「はい……。杉原です」

答える声が震えた。夫人は肯いて、

「主人があなたのことを話していました。『とってもユニークな女性なんだ』と。『うちにもああいう社員がいたらいいな』とも……」

「ついこの間、お見舞に伺って……。とてもお元気そうでしたのに」

と、爽香はやっと言った。

「手術後の検査で、異常が見付かって。本人も知らなかったのですが、特殊なアレルギーがあったようなんです」

夫人はハンカチで目を押えると、「突然のことで、どう考えたらいいのか……。あなたはおいくつ？」

「四十……七です」

「まあ、主人とほとんど違わないのね」

「とても……残念です。こんなときに伺って申し訳ありません」

と、爽香は頭を下げた。

「いいえ。――何か主人にご用でした？」

「いいえ、それはもう……。社に帰って、田端にこのことを……」

「改めてご連絡をします」

「はい。私と田端だけのことにしておきます」

「ありがとう」

「では、これで……」

爽香は病室を出ると、足を止め、目を閉じて深く呼吸した。

今の数分間が、現実だと思えなかった。

あの岡崎の笑顔。そして爽香に言った、

「君は、他の人間がどう言ったって、やりたいようにやるだろ。それでいいんだ」

――その声の響きが、まだ耳に残っているような気がした。

たぶん、爽香は岡崎に、どこか自分と似た部分を見ていたのだ。そして岡崎もきっとそうだったのだろう。

気を取り直して、爽香はエレベーターへと歩き出した。

やりたいように……。それでいいんだ。

その言葉が、爽香の心でくり返し聞こえていた。


「どういうことなのかしら?」

と、克代は言った。

「さあね。親父の考えてることなんか、分らないよ」

と、山沼公吉は言った。

妻の克代と二人、中野の別宅へ呼ばれてやって来ていた。しかし、一時間近く待っていたが、誰も来ない。

「ねえ」

と、克代が言った。

「何だ？」

「お昼、食べてないわ」

「ああ……。時間がなかったじゃないか。仕方ない。少し我慢しろよ」

と、公吉は言った。

「でも――もしかしたら、ここで私たちを飢え死にさせようって陰謀じゃない？」

結構真面目《まじめ》に言っている妻を、公吉はちょっと無言で眺めていたが――。

「車の音だ」

と、公吉がホッとして、「やっと来たか」

「お昼が……」

玄関の方で音がして、やがて二人のいるリビングのドアが開いた。

公吉は目を見開いて、

「お前……。郁子じゃないか！」

と、唖然として言った。

「そうびっくりしなくたっていいでしょ。哲二兄さん」

と、郁子は言った。

「俺は公吉だ」

「分ってる。でも、お父さんから聞いたんでしょ？」

「聞いたが……。そううまく行くもんか」

と、苦笑して、「大体、お袋が黙っちゃいない」

「そう。そのために、私が来たの」

「何だと？　それに、お前、ニューヨークにいるんじゃなかったのか」

呆然として話を聞いていた克代が、

「あなた……」

と、やっと夫をつついて、「妹さん？」

「初めまして」

と、郁子が微笑んで、「ニューヨークでミュージシャンをやってる郁子よ」

「どうぞよろしく」

克代が立って頭を下げると、「あの——お話が長くかかるようでしたら、ちょっとお昼を……」

と、おずおずと言った。

「妊娠してると、そんなにお腹が空くもんなの？」

郁子が呆れて言った。

公吉たち三人は、郁子の車で近くのファミレスに入っていた。郁子もつられて（？）カレーを食べていたが、克代は〈本日のランチ〉に加えて、グラタンとピザを取っていた。

「郁子、お前は結婚してないのか」

と、公吉が訊く。

「急いでないわ。まだ三十代よ」

「といったって……。三十八か？」

「三十九よ。三十代には違いないでしょ」

と、郁子は言った。

「ああ……」

と、とりあえずランチを食べ終えた克代が息をついて、「あの……郁子さんは、どんな音楽をやってるんですか？」

と訊いた。

そんなことを訊かれると思っていなかった郁子はちょっと詰ったが、

「――ジャンルを超えた音楽よ。ロックからクラシック、フォーク……。要するに全人類の音楽を目指してるの」

「何だそれ？」

と、公吉は目をパチクリさせて、「お前が何かやってるって話、聞いたことないぞ」

「失礼ね。ちゃんと活動してるわ」

と、郁子は言い返して、「ただ、結果が出てないだけよ」

「いつ出るんですか？」

と、克代が訊くと、郁子は顔をしかめて、

「いやなこと訊くわね。芸術っていうのは予定の立たないものなの」

「はあ……」

要するに、親のお金で遊んで暮らしているのだと、克代にも分った。

「それにしても、意外ね」

と、食後にコーヒーを飲みながら郁子が言った。

克代はグラタンもピザもきれいに平らげると——ピザ一切れだけ公吉にやったが——トイレに立っていた。

「何だよ」

と、公吉もコーヒーを飲んで、「何が意外だって？」

「あの克代さんよ。お兄さんの好みって、ああいう人だったの？」

公吉は苦笑して、

「お前にゃ分らないだろ。俺は、克代といると、本当に安心なんだ」

「へえ……。家庭的になったわけね」

「まあ、馬鹿にしてろ。お前もその内に分る。見た目だけの男なんて、一緒に暮すもんじゃない」

公吉は、郁子が皮肉の一つでも言うのかと思っていたが、

「そうかもしれないわね」

と、真顔で言ったので、びっくりした。

「お前――」

「私のことは放っといて。お兄さんの生き方に干渉しようとは思わないわ」

「助かるよ」

「でも、すべてのお金と力はお父さんが握ってるのよ。それは忘れないで」

「分ってるとも」

「それなら、了解するわね。哲二兄さんとして生きるってことを」

「しかし……」

「私も、哲二兄さんのことは大嫌いだった。だから、お兄さんがやったことを責めようとは思わない。でも、克代さんと、この先も仲良く生活していこうと思うなら、お父さんの決めたことに従うしかないわ」

「それも承知だ。しかし、そんなこと、できるのか？」

「克代さんはお兄さんのためなら、協力するでしょ？　問題はお母さん」

「うん。もちろんそうだ」

「今でも、哲二兄さんから連絡がない、って騒いでるそうよ。放っておいたら、警察に捜索願を出しそうだわ」

「どうしたら、お袋を納得させられるんだ？」

「かなり思い切った手を使わないとね」

「お前が、それを任されてるのか」

「そんなところね。上手くやれば、お父さんから、半端でない金額を引き出せる」

「いいアイデアがあるのか」

郁子はちょっと身を乗り出すと、

「お母さんを騙《だま》すことはできない。だから、お父さんの考えてることを受け容れるようにするのよ」

「そんなこと、できるか？」

「私に考えがあるの」

と、郁子はちょっともったいぶって、「お兄さんにも、いえ、お兄さんと克代さんにも役割を果してもらわないと」

克代がトイレから戻って来ると、

「やっと落ちついたわ」

と言った。「郁子さん、失礼しました。お話を伺います」

大真面目に言う克代を見て、郁子は何だか妙に楽しくなって、つい笑ってしまった。

「――ごめんなさい。あなたのことを笑ったんじゃないのよ、あなたがいい人らしいから、楽しくなったの」

「でも……」

「まあ、ゆっくり話しましょう。――お母さん誘拐《ゆうかい》計画についてね」

公吉と克代は顔を見合せた。

「――今、何て言った？」

と、公吉は言った。「『誘拐』とか聞こえたようだったが……」

「その通り」

「お袋を誘拐する？」

「ちょっと！　大きな声、出さないでよ。今から詳しく説明するから」

と、郁子は言って、「コーヒー、飲んじゃった。ここ、フリードリンクだったわね。自分で注ぐのよね」

さっさと立って、二杯目のコーヒーを入れて来ると、

「こういう所のは、こういう所なりにおいしいわ」

と、郁子は言った。「ニューヨークよりずっといい」

そして、郁子はバッグから小型のノートを取り出して、広げた……。

14 迷いの果て

暗くなりかけた夕刻。

井田梨花は、今日もその公園にやって来た。

都会の夜は暖かいと言っても、冬は冬だ。夜には底冷えする寒さである。

日射しのある昼間は、この公園で時間を潰している人たちも、夜になったら、もっと寒さをしのげる場所を探して出て行くだろう。

この時刻に来たら、お父さんが出会ったというホームレスの男性に会えるかもしれない。——梨花はそのわずかな望みを抱いて、ほとんど毎日ここへ通っていた。

その男性に会えたとしても、向うが井田のことを憶えているとは限らない。そして、憶えていたとしても、証言してくれるとは限らない。

それでも、このまま何もしなければ、井田は妻を殺した罪で刑務所へ行くことになるだろう。梨花は決して父のことが好きではなかったが、やってもいないことで刑務所へ入れられるのは可哀そうだ。それに、井田が有罪になったら、本当に尚子を殺した犯人は平然と生きて行けるわけで、それは許せなかった。

公園の中を、梨花はゆっくりと歩いて行った。ベンチに腰かけたまま眠っているらしい男もいたが、井田の言っていた男より、ずいぶん年寄りだ。

「――今日もいないか」

公園の奥まで歩いて、梨花は呟いた。

弁護を引き受けてくれた沢畑の事務所の若い人が、何度かここへやって来たようだが、他の事件も山ほど抱えている事務所に、そこまで頼むわけにいかない。

いや、本当なら――と、梨花は思った――井田のアリバイになるかもしれない、大切な証人なのだから、警察が捜してくれてもいいのに。しかし、警察も検察も、井田の自白を取ることだけに熱心だった。

結局、いったん逮捕したら、その人間に自白させて、有罪にすればいい。真実は何なのか、そんなことはどうでもいいのだ。

何とか……。何とかして、本当の犯人を見付けたい。

それ以外に、父への疑いを晴らす方法はなかった。

公園の入口へと戻って行きながら、

「でも、そのホームレスは夜中に公園に入って来たんだよね……」

どうしてだろう？

梨花は首をかしげた。夜中に、この公園に来る理由は何だろう？

「よし……」

こうなったら、父が言っている、そのホームレスに出会うように、夜中にやって来てみよう。

ちょうどそのとき、公園を出て行く人影があった。

よろけるように、足を引きずって歩いているそのホームレスは、女性だった。素足にサンダルばき。寒いだろうと思った。

公園の入口の所で、梨花はその女性に追いついた。

首に巻いていたマフラーを取ると、

「これ」

と、その女性に差し出した。

女性は面食らったように梨花を見た。

「どうぞ」

マフラーを震える手で受け取って、

「どうも……」

と、小さい声で言った。

そして、首に巻くと、

「ああ……。あったかい」

と、息をついて、「いいの？　もらっちまって」

「ええ。家にもあるから」

と、梨花は言った。

「そう……。じゃ、いただくよ。ありがとう……」

と言ってから、「あんたは、この公園に何しに来たの？」

「人を捜してるんです」

と、梨花は言った。「夜中にここへ来る人っています？」

「私みたいな連中で？」

「男の人なんですけど、もし見付かったら訊いてみたいことがあって」

「夜中に、わざわざ？　――そうだね、そんな時間に来るのは、どこかを追い出された人間かもしれないね」

「追い出された……」

「どこか、ビルの駐車場とか、雨に降られずにすむような場所で寝てたら、夜中にガードマンに見付かって、出てけって言われることがあるよ」

「そうか……。それで仕方なくここへ？」

「もしかしたらね。――あんたの知り合いか何か？」

「いいえ。お父さんが今、警察に捕まっていて、その人とこの公園で会ったと分ればアリバイになるので……」

「そんなことが……。あんたも大変だね」

と、その女性が言った。

そして、まじまじと梨花を眺めると、

「あんた、いくつ？」

と訊いた。

「十八ですけど」

「十八ね……。私が家を出たとき、娘がちょうどあんたくらいだったよ」

「そうですか」

「今はもう……二十七、八になってるけどね」

女性は、前かがみだった体を起して息をつくと、「ねえ、あんたの話、もう少し詳しく聞かせてくれない？」

「私はもちろん……。じゃ、どこか寒くない所で」

と、梨花は言った。

「お弁当、買って来ました」

と、梨花はその女性に、まだ温いコンビニの弁当を差し出した。

「ありがとう！　温いのを食べられるなんて……」

「温い内に食べて下さい。話はその後で」

正直、この女性から役に立つ話が聞けるかどうか、あまりあてにしていなかった。でも、親切にしてあげることで、何か幸運が巡ってくるかもしれないと思ったのである。

「おいしい……。いい匂いがするね」

女性はアッという間に、弁当を空にしてしまった。

――どこかで話を、と言っても、店に入るといやがられることが多い、という女性のために、地下のショッピングモールに入って、小さな広場に置かれたオブジェのかげで、二人は座り込んでいた。

「空の容器、捨てて来ますよ」

と、梨花は言って、「あ、それと、すぐそこのお店で安売りしてたんで」

手渡したのは、厚手の毛糸の靴下だった。

「まあ……。ごめんね」

「はいてみて下さい」

梨花は、空の弁当箱を、少し離れたゴミ入れに捨てて戻った。――女性の姿は消えていた。

「行っちゃったのかな」

と呟く。「でも――いいや」

ともかく、ちょっとしたことでも、喜んでくれたのなら……。

梨花がその場を離れようとすると、

「待って！」

と、声がして、あの女性がハアハア息を切らしながらやって来た。

「大丈夫ですか？」

「ごめん！　ちょっと今ね、ここを通りかかった仲間を見付けたんでね。あんたの言ってた男のことを訊いてみたのよ」

「ありがとうございます。それで……」

「うん。私、もしかしたらと思ったんだけど、その仲間も、『それだったら〈ヤマイチ〉じゃない？』って言ってたの」

「〈ヤマイチ〉？」

「昔、そんな名前の証券会社に勤めてた、って周りに自慢してる男なの。オフィスビルのロビーとかに図々しく入り込んで、よく追い出されてるのよ」

「その人、どの辺にいるんでしょう？」

「もう少し遅くなったら、心当りを捜してみるよ。あんた、一緒に来る？」

「もちろんです！」

と、梨花は力強く言った。

ウトウトしかけていた伽奈は、ベッドのそばに誰かが立っているのに気付いて、ギクリとした。

何しろ、前の病院で一度殺されかけているのだ。一瞬驚くのも無理はない。

しかし、

「伽奈さん。——びっくりさせてごめんなさい」

という、やさしい女性の声に、

「いえ……。ああ！〈みゆき〉ちゃんだ！」

と、伽奈は目を見開いた。

「いかがですか、具合？」

と、茂木美幸は訊いて、持って来たお菓子の紙袋をベッドの脇の机に置いた。

「そうすぐにはね。——でも、よくここが分ったわね」

「杉原さんが教えて下さって。でも、くれぐれも尾行されないように、って言われました。何があったんですか？」

「まあ……。大したことじゃないのよ」

「でも……」

「それより、元気そうね。良かったわ」

と、伽奈は微笑んで言った。

「伽奈さんが助けてくれなかったら、焼け死んでいます。もう二度と――」

「そうそう。どんなに困っても、あんな仕事はだめよ」

「ええ。――私、生れ変ったような気がするんです。一度死にかけて、命を拾ったって思えて」

「本当。明るい顔してるわ」

と、伽奈は小さく肯いた。

「私、もともとよく笑う子だったんです。小さいころから、母に『何がそんなにおかしいの？』って呆れられるくらい。――それがいつの間にか、笑わなくなっちゃった……」

「笑いを取り戻して。その方がきっとあなたらしいわ」

「はい！」

と、美幸は明るく言った。「伽奈さん、私に何かしてほしいこと、ありませんか？」

「何なの、突然？」

「今まで、人に助けられるばっかりだったから。私だって、人を助けることができると思ったんです」

「頼りになりそうね」

と、伽奈は笑って、「じゃ、ときどきこうして見舞に来てちょうだい。きっと治るのが早くなると思うわ」

「了解です！」

と、美幸は力強く言った。


一旦帰宅した梨花は、暖かい格好に着替えて、真暗になってから家を出た。

「あ……」

車が目の前に停るところだった。

「爽香さん。——どうしてここに？」

車から降りて来たのは爽香で、ハンドルを握っていたのは明男だった。

「沢畑君から連絡もらって」

と、爽香は言った。「公園のホームレスのことで、あなたが捜してるって」

「ええ。もしかしたら、その人を見付けられるかもしれないんです」

梨花は、あの女性のホームレスの話を、弁護士の沢畑に知らせたのだった。

「あなた一人じゃ危いわ」

と、爽香は言った。「主人も一緒に来てもらったから」

「すみません！　そんなつもりで沢畑さんに知らせたわけじゃないんですけど」

「分ってるわ。でもね、ことは殺人事件なのよ。誰かがあなたのお母さんを殺した。その犯人は、井田君が逮捕され、自白したと知ってホッとしてるでしょう。でも、あなたが、その流れに逆らうことをしていると知ったら……」

「私を狙う？　まさか――」

「分らないわよ。もちろん、その可能性は小さいかもしれないけど、万に一つ、本当の犯人につながる手掛りを見付けたりしたら、あなたは危いわ」

「そんなこと考えませんでした」

「分るわ。正面だけ見つめていると、左右に目がいかない。さ、車に乗って。そのホームレスを捜しに行きましょう」

「はい……」

梨花は、仕事で忙しいはずの爽香が、夫と二人でやって来てくれたことを、申し訳ないと思った。

「――考えなきゃいけないことがあるわ」

と、車が走り出すと、爽香が言った。「井田君が捕まったことで、お母さんを殺した人間の動機が何だったのか、見過されてると思う」

梨花はハッとした。

「そうですね。誰かがお母さんを殺したんだから」

「それも夜中に、お宅へやって来てね。改めて聞くけど夜中にお母さんを訪ねて来るような人、思い当る?」

梨花は、しばらく考えていたが、

「——分りません」

と、首を振った。「お母さんは結構用心深い人でした。ろくに知らない人間が訪ねて来ても、中へ入れてしまうことはないと思います」

「お母さんと特に親しかったお友達とか、知ってる?」

「家はほとんど、お互い別々の生活で……。メモとか——そうですね。お母さんのケータイ、調べてみます」

と、梨花は言った。

「そろそろかな?」

と、明男が言った。

「そこのモールの入口で。——私、呼んで来ます」

車が停ると、梨花は車を降りた。

「待って」

と、爽香が止めて、「私も行くわ。大人がついてる方がいいと思う」
二人はモールへの入口を入って行った。

15 潜行

「おかしいなあ」

と、井田梨花は何度も周囲を見回し、歩き回って、「確かに、ここで待ってるって言ったんですけど……」

地下のショッピングモールは、もう閉る時間が迫っていた。

地上への階段の所で、爽香と梨花はもう三十分以上待っていた。

「すみません、爽香さん」

「梨花ちゃんのせいじゃないわよ」

と、爽香は言って、梨花の肩を軽く叩いた。

梨花が知り合った女性のホームレスと、ここで待ち合せていたはずだった。

「その人の名前は聞かなかったの?」

「〈頼子《よりこ》さん〉って。頼るっていう字の。姓は聞いていません」

「あなたのお父さんと出会ったかもしれないのは〈ヤマイチ〉っていうのね?」

「そう呼ばれてるとか……。でも、頼子さんがいれば分ると思ったんで、詳しいことは……」

「ああいう境遇の人は、一人一人、違う事情を抱えているものよ。約束の場所に来なくても、何かわけがあってのことかもしれない」

「そうですね。——いい人だと思いました」

「じゃ、その公園に行ってみましょう。〈ヤマイチ〉らしい男がいたら、声をかけてみればいいわ」

爽香たちは車へ戻った。明男にはケータイで連絡してある。

「——むだ足だったか」

「分らないわ。その公園へ行ってみようと思う」

「分った」

車ならすぐだ。

人影のない公園が車のライトの中に浮び上った。

「俺も行こう」

と、明男も車を降りた。

ずいぶん気温が低くなって、底冷えがする。

「こんな寒い所で寝ようって奴はいないだろう」

と、明男は言った。

「ひと通り、歩いてみましょう」

と、爽香が言って、「ベンチの上だけじゃなくて、植込みのかげとかも覗いてみて」

ゆっくりと公園の奥まで歩いてみると、誰かが寝ていたらしい跡は見られたが、今はどこかへ移っていた。

「いませんね」

と、梨花は首を振って、「やっぱり、そううまくはいかないんですね」

「諦めないことよ」

と、爽香が励ますように言った。「その頼子さんって人に、また会えるかもしれないわ」

「ええ……」

梨花は小さく肯いて、公園の入口の方へと戻って行った。

そして――三人は足を止めた。

公園へ、ふらりと入って来る姿が、街灯の明りに浮び上った。

「あれは……」

と、梨花は呟いた。

黒っぽい服をはおり、大きな布の袋を引きずるようにしている。――井田が言っていたような印象の男だ。

だが、公園へ入って来ようとして、爽香たちに気付くと、ギョッとした様子で足を止めた。そしてクルッと背を向けて行ってしまいそうになる。

とっさに、梨花は、

「〈ヤマイチ〉さん！」

と呼びかけた。

男がギクリとして一瞬振り向くと、逃げるように足を速めた。

「待って！　待って下さい！」

と、梨花が叫ぶように言った。「頼子さんに聞いたんです！　待って！」

男の足取りが遅くなった。

明男が駆け出して、その男の前に回った。

男が怯《おび》えたように周りを見回す。

「心配しないで」

と、明男は穏やかに言った。「訊きたいことがあるだけだ。落ちついて」

「――〈ヤマイチ〉さんですね」

と、梨花が言った。「頼子さんから、あなたのこと、聞きました。お願いです。話を聞いて下さい」

男は布袋を足下に置くと、

「何だっていうんだ？」

と、少しかすれた声で言った。「俺が何をしたっていうんだ」

「そんなことじゃないんです。父のために、あなたに訊きたいことがあって」

「何だと？」

男は、少なくとも危害を加えられることはなさそうだと分ったらしい。爽香たちを見回して、

「もうちょっと暖かい所で話さないか？」

と言った。


あんまり暖かくはなかったが、それでも熱い飲物と温いハンバーガーを二つ、ペロリと平らげて、男は息をついた。

店先の椅子にかけて、爽香が淡々と事情を話すと、

「もちろん、井田さんがあの公園で会ったのが、あなたでない可能性もあります」

と言った。「でも、もしあなただったら、井田さんのアリバイを立証できるかもしれないんです」

「――そうか」

〈ヤマイチ〉はしばらく考えてから言った。

「確かに俺はよくあの公園に行く。でもな、何月何日にどうしたか、なんて憶えちゃいないよ。毎日予定があるような暮しもしてないしな」

「分ります。でも、思い出してみて下さい。あの公園ですれ違った男の人がいなかったか」

男はぬるくなったコーヒーを最後まで飲み干すと、

「――そういえば、一度あの公園に入ろうとして、誰かとすれ違ったことはある。『こんな時間に、こいつは何してるんだ？』と思ったからな。しかし、いつのことだったか、どんな奴だったか、考えても分らんよ」

「でも、きっとそれ、お父さんです」

と、梨花が身をのり出して、「お願いです。警察でそのことを話して下さい」

男は梨花を見て、

「気持は分るがね」

と、肩をすくめて言った。「しかし、俺みたいな者が話したところで、警察は取り合っちゃくれないよ。鼻で笑われて終りさ」

「でも――」

「それに、俺がどうしてこんな暮しをしてると思うんだ？　警察なんかとは係りを持ちたくないからさ。色々事情があってな。名前だって言いたかない。まあ、諦めてくれ」

梨花は言うべきことも失って、しょんぼりと目を伏せた。

「――お話は分ります」

と、爽香が言った。「でも、この梨花さんのお父さんは、奥さんを殺した容疑をかけられているんです。やっていないという証拠が出ないと、おそらく有罪になるでしょう。少しでもあなたの話で、希望が持てれば。どうでしょう、井田さんの弁護士に会ってもらえませんか。そして今の話をしてみて下さい」

男はしばらく黙っていたが、

「法廷で証言しろと言われても無理だぜ」

と言った。「まあ……会うぐらいならいいけど」

「ありがとうございます！」

梨花が表情を明るくして、「じゃ、一緒に弁護士さんの所へ行って下さい」

「いや、まず向うから来てほしいね。こんななりで、弁護士先生の所になんか行けやしないよ」

「分りました」

と、爽香が言った。「でも、必ず会ってもらえるという約束を。この子は必死なんです。連絡が取れる方法を教えて下さい」

強い口調に、男はちょっと目をみはって、

「おっかないんだな、あんた。見かけによらず」

と言った。「分った。――この先の宿泊所にいるようにするよ。名前は……」

と、少しためらっていたが、

「ま、いいや。本当の名前は熊谷《くまがい》っていうんだ。明晩にでも来てくれたら……」

「分りました」

梨花はその男の手をパッと両手でつかんで、「ありがとうございます」

と、頭を下げた。

「おい……。汚れるぜ、手が」

熊谷と名のった男は、ちょっと照れたように苦笑した……。


「ありがとうございました」

梨花を家まで送って、爽香たちは車で自宅へ向った。

車を見送っている梨花の姿が、バックミラーに映っていた。

「――実際にどれくらい役に立つか分らないわね」

と、爽香が言った。「本当の犯人が誰か分れば、それが一番いいんだけど」

「おい、また探偵業のアルバイトはやめてくれよ」

と、ハンドルを握った明男が言った。

「分ってるわよ、私だって仕事が忙しいの。他のことに割く時間なんかないわ……」

「ならいいけど。——ともかく、四十七歳まで無事に生きて来たんだ。命を大切にしてくれ」

そう言って、明男はチラッと助手席の爽香を見た。爽香は、一瞬の内に眠り込んでいた。明男はちょっと微笑んで、

「そうそう。——疲れたときは寝るに限る」

と呟くと、爽香をすぐに起さないように、車のスピードを落とした……。


誰かを見付けたんだ。

瞳にはすぐ分った。——歌っている三ツ橋愛の音程が、一瞬ふらついて、表情がこわばった。

しかし、おそらくほとんどの人は何も気付かなかったろう。すぐに愛は元の通りの明るい笑顔で歌い続けたのだから。

「ありがとう！　——またね！」

客席に向って両手を振る愛の額が汗で光っている。

アンコールは、予定通り三曲歌った。しかし、拍手が鳴り止まない。

ステージの袖に入って来た愛は、瞳からタオルを受け取って、汗を軽く叩いて取った。

「照明、点けてもらいますか？」

と、瞳は言った。

場内が明るくなると、みんな帰り出す。でも、拍手と歓声は、手拍子になっていた。

「もう一度出ないと」

と、水を一口飲んで、愛は言った。

「それでラストにしましょうね」

と、瞳は言った。

愛は、ステージへ戻ろうとして、振り向くと、

「瞳ちゃん、一緒に出て」

と言った。

瞳はびっくりして、

「え？　だめですよ、そんな」

「〈雪の朝〉、一緒に歌おう。ね？」

「だって――私、こんな格好で」

「いいから！　ね、お願い」

愛が手をさしのべる。瞳も拒めなかった。

「じゃ……」

はおっていたハーフコートを脱いで、そばの椅子にかけると、「本当にこれで――」

「いいのよ！　さ、来て！」

愛に手を引かれて、ステージへ出て行く。ライトが当り、瞳は顔がカッと熱くなった。

「〈雪の朝〉！」

愛がバンドのメンバーに言った。予定に入っていなかったので、みんな大あわてで、譜面を捜している。

「――じゃ、最後に」

と、愛はマイクに向って言った。「〈雪の朝〉を聴いて下さい」

拍手が盛り上る。――瞳は、愛の後ろに立った。しかし、愛は、

「一緒に並んで。さあ」

と、瞳を促して、同じマイクの前に連れて来た。

前奏が始まる。――客席が、わずかに戸惑っているのが分った。

みんな、愛が誰を連れて来たのか分らないのだ。

瞳も、バックコーラスで何度か出ているが、もちろんその顔を憶えている客などいないだろう。

愛が歌い始めて、瞳も今さらどうすることもできず、二人でのパートを歌い出した。

ＣＤでは二重録音で、愛が一人で歌っているのだが、生となるとそうはいかない。

愛が、瞳の腰に手を回して引き寄せる。

この歌をパーティで歌って――。その後、エレベーターの中で、愛に抱きしめられ、キスされた……。

歌っていると、そのときの記憶がよみがえってくる。――瞳の歌声も、伸びやかに響いた。

歌い終ると、大歓声と拍手が二人を包んだ。

「さよなら！　ありがとう！」

愛が、瞳の肩を抱いて、袖へ入る。

「明り、点けて」

と、愛は言った。

客席からは、なおしばらく拍手が聞こえていたが、やがて静かになって行った。

「お疲れさま」

バンドのメンバーも、汗を拭きながら引き上げて行く。

「瞳ちゃん、ごめんね。いきなり」

と、愛は言った。

「いいですけど……。でも、嬉しかった」

と、瞳は言った。

「良かった。待ってて」

愛が楽屋へと急ぐ。

瞳は、目につかないように、廊下の隅に立っていた。楽屋には、ミュージシャン仲間の何人かがやって来ていた。

付合というものがあって、すぐには出られないのだ。――瞳も、何度か愛のコンサートに同行して来て、そういう事情が分るようになっていた。

そして、愛が出てくるのを待っていると――。

「おい」

と、声をかけられて、びっくりした。

コートをはおった年配の男が立っていた。

「何か……」

「愛の楽屋はどこだ?」

と、その男は訊いた。

16　慰め

「こんなもんなのよ」

と、愛は言った。「親なんて、いなくたってちっとも困らない。いえ、なまじ生きてくれると迷惑だわ」

瞳は何と言っていいか分らず、ただ愛の話を聞いていた。

あの男――。愛の楽屋を瞳に訊いたのは、愛の父親だった。

父の名は三橋《みはし》猛《たける》。「三ツ橋」は愛が「三橋」の姓を嫌って変えた芸名だった。

愛と母親を捨てて出て行った父親。愛の母親は娘が歌手として成功すると、気が緩んだのか、倒れてしまって、今は入院して寝たきりの生活をしている。

そして、半年ほど前、愛のコンサートに、突然父親が現われた。アルコールに溺《おぼ》れて仕事を失い、食べていけなくなって、娘の所へやって来たのだ。

もちろん、愛は父、三橋猛を追い返してやろうとした。しかし、そんなところをマスコミに見られたら、何と書かれるか。

仕方なく、愛は手持ちのお金を父に渡して、帰した。——それ以来、三橋は度々やって来るようになったのだ。

それも、愛の住んでいるマンションなどではなく、人目のある楽屋へやって来る。人前で言い争ったりできないと分っているからである。

「——お母様は知ってらっしゃるんですか?」

と、瞳は訊いた。

「いいえ」

と、愛は首を振って、「母は精神的に不安定なの、そんなこと耳に入れたら、どうなるか……」

瞳にはどうすることもできない。そして、もちろん愛にもそのことは分っているはずだ。

「——ごめんね」

愛は涙を拭った。「もう遅いわね。帰った方がいいわ」

コンサート会場と隣接したホテルに、愛は泊っていた。瞳は、

「それじゃ……。明日は大学に出ないといけないんで」

「ええ、分ってる。ありがとう」

愛は瞳を軽く抱くと、頰にキスした。

「じゃ……おやすみなさい」

瞳は、ソファに置いたコートを手に取ると、部屋を出ようとした。

ドアを開けようとしたとき、愛が背後から瞳を抱きしめた。

「愛さん……」

「お願い」

と、瞳の耳元に熱い吐息がかかった。「一人にしないで。私、一人になりたくない……」

「愛さん……」

「もう少し――帰らないでいて。お願いよ」

瞳の体が熱く燃え立つようだった。

「愛さん、私……」

「瞳ちゃん」

瞳が向き合うと、愛は力をこめて抱きしめて来た。

「愛さん、私……今夜は帰りません」

と、瞳は言った。

「一人で抱え込んでないで。秘密は分かち合えば、ずっと負担が軽くなるのよ」

なるほど、と根室伽奈は思った。

特別名ゼリフというわけではないと思ったが、何事も、タイミングというものがある。

病院のベッドで寝ている伽奈は、自分のスマホで、TVのドラマを見ていた。連続ドラマの途中なので、どういう話かよく分らなかったが、たぶん二枚目の役者が「いい人」なんだろう。

主人公の出生の秘密を巡るサスペンス物というところらしいのだが……。

「あんたには双子の弟がいるのよ」

という母の告白に仰天《ぎようてん》する主人公、という場面で、伽奈は大津田刑事から聞いた、山沼とかいう双子の兄弟のことを連想したのである。

そういえば、その後、大津田さんから連絡ないけど……。

そう考えていたとき、「秘密」に関するセリフを聞いたのだった。そして――。

「いかがですか？」

という声でハッと我に返ると、ベッドのそばに、杉原爽香が立っていたのだ。

「あ――どうも」

「具合はどうですか？」

と、爽香はベッドのそばの椅子にかけた。

「おかげさまで。思ったより早く退院できそうです」

「良かったわ。あの注射器の男のこと、何か分ったんでしょうか」

「まだ何も。――でも夜中にときどきハッとして目を覚まします」

「当然ですよ。普通に生活してたら、人は殺されかけたりしませんものね」

「ええ。でも、杉原さんは何度もそういう目にあわれてると、TV局の人が言ってました」

「口が軽いんだから、TVの人は」

と、爽香は笑って、「でも、間違いとも言えないのが辛いところです」

そのとき、伽奈は思い当ったのである。

「杉原さん、何か特にご用でここへ？」

「いえ、この病院の前を通ったので、寄ってみたんです。それが何か？」

「これって……運命かもしれませんね」

「は？」

「私、今、ある秘密について考えてたんです。私一人でそれを抱え込んでるのは良くない。秘密は分かち合う方がいいって」

「秘密……。あなたが狙われたことと関係あるんですか？」

「分りません。でも、杉原さんには話していいっていう気がして」

「部下のあやめちゃんには叱られそうですけど、聞かせて下さい。気になっていたんです」

「ええ。――これ、大津田さんから誰にも言うなと言われてるんですけど」

「知らないことにした方がいいと思えば、黙っていることはできます。信用して下さって結構」

と、爽香は言った。

「はい。それじゃ――。あの〈みゆき〉ちゃんをあなたの上に投げ落としたお詫びです」

と、伽奈は言った。「あの火事のとき……」

美幸の相手だった男を、突き飛ばしたことから始めて、伽奈は山沼公吉と哲二という双子の兄弟のこと、父親の国会議員のことなど、詳しく話した。

爽香はじっと聞いていたが、

「凄いですね、伽奈さん。髪の分け方が違うことに気付くなんて！」

と、感心して言った。

「たまたまです」

と、伽奈はちょっと照れた。

爽香は話を聞き終えて、少し考えていたが、

「――山沼大樹って議員の名前は知っています」

と言った。「今のお話だと、死んだのは長男の公吉ということになっているけど、本当は次男の方かもしれない、と思えますね」

「でも、どうしてそんな嘘をつくんでしょう？　DNA鑑定では……」

「そんなもの、試料を提出したのは父親でしょ？　弟のものを、『公吉のもの』だと言って渡せばすむことです」

「つまり……隠す理由があったんですね」

「そうですね。たぶん……」

と言いかけて、「伽奈さん、あんまり深く係らない方がいいですよ。といっても、もう充分係ってますね」

「あの注射器の男のことも？」

「他に理由は考えられないでしょう。死んだのが弟の方だと分ると困る人間がいる。――それも、ただ死んだのじゃなくて、殺されたとなると……」

「でも大津田さんには話してしまっています」

「そのことを知らない誰かでしょうね。あのとき、その山沼という男を見たこと。それを知った人間が……」

爽香はそう言ってから、「その男の相手をしていたのが、美幸さんなんですね？」

「そうです。――あ、でもそのことは大津田さんにも言ってません」

「分りました」

爽香は肯いて、「話して下さって良かったわ。もちろん、私に何かできるわけじゃないけど……」

「いいんです。一度助けていただいただけで充分。話してホッとしました」

と、伽奈は微笑んだ。

「何よりですね。秘密は守りますから、安心して。ただ——その後、大津田さんから何か言って来たら、私にも教えてもらえますか？」

「ええ、もちろん。メールするようにします」

「ありがとう。でも——」

爽香は伽奈の手を握って、「大切なのは自分の命ですよ。危いことはできるだけ避けて下さいね」

「はい。——杉原さん。爽香さん、って呼んでいいですか？」

「ええ。どうぞ」

「ふしぎな人ですね。手を握られてると、凄く安心するんです。お姉さんかお母さんに手を握られてるみたいで。心が温くなります」

「そんなこと……」

「本当です。TV局の人が言ってましたけど、爽香さんには人を幸せにする熱い思いがあるんだって」

と、伽奈は言って、爽香の手を握り返した。

「今の伽奈さんの言葉、あやめちゃんやうちの主人に聞かせたいわ。いつも小言ばっかり聞かされてるんで」

と、爽香は笑って、「じゃあ、また伺いますね」

「ええ。待ってます」

「今日は手ぶらで。今度はおいしいお菓子を持って来ます。一緒に食べましょう」

と、爽香は言った。


「相変わらずだな」

と、松下《まつした》が言った。

「決り文句はやめて下さい」

と、爽香は苦笑した。

「どうせ、コーヒーを飲むだけに呼んだとは思っちゃいないよ」

爽香は古い顔なじみの〈消息屋〉松下と、〈ラ・ボエーム〉で会っていた。

松下は、行方の分らない人間や、連絡のつかなくなった古い知人などを捜し出すのを仕事にしていて、これまで爽香の危い場面にも一緒に出くわしている。

「――どうぞ」

マスターの増田《ますだ》がコーヒーを運んで来る。

「やあ。ここのコーヒーはいつも旨いな」

と、松下が言った。

「ありがとうございます」

「このコーヒーを飲むと、疲れがとれるの」

と、爽香は言って、ゆっくりとコーヒーを飲んだ。

「それで――」

と、松下は言った。「今度は山沼議員のことか。どんなことに首を突っ込んでるんだ？」

「大したことじゃないです。ちょっとした火事と殺人事件」

松下が笑って、

「よく生きてるよ、お前は」

「気を付けてます」

「合気道でも習っといたらどうだ？」

「逃げ足は速いです」

「しかし――山沼とは、いかにもだな。この間の火事で、二階から飛び下りた女を受け止めたってのはお前だろ？」

「好きで受け止めたわけじゃ……。下敷になったたっていうのが正しいです」

「山沼大樹の双子の息子は、何かと話題になる。できのいい長男が死んだっていうんで、周囲は嘆いてるよ」

「そこが微妙なんです」

「ほう」

松下がちょっと眉を上げて、「面白そうな話だな」

「詳しいことはまだ分りませんけど、その兄弟のこと、調べてもらえますか」

「分った」

と、松下は肯いた。「あそこは娘も一人いたはずだ。ミュージシャンと自称して、ニューヨークに行ってると聞いたな」

「問題なのは次男の方ですね」

「どこかの組と親しくしてるという話だ。親父にとっちゃ便利なこともあるが、スキャンダルの種にもなる」

「情報を集めて下さい。よろしく」

「本業とは関係ないんだな？　じゃ、割引しとこう」

「毎度どうも」

と言って、爽香はコーヒーカップを取り上げた。

17　記憶力

そのとき、爽香は根室伽奈を見舞っていた。

山沼公吉と哲二の兄弟のことを伽奈から聞いていたからでもあったが、さっぱりして明るい伽奈と、何となく波長が合った、というべきだろう。

会社帰りに、病院に寄っていたのである。

「爽香さんがいつも危い目にあっても切り抜けられてるのは、どうしてなんですか?」

と、伽奈は、爽香が持って来た鯛焼きを食べながら言った。

「私の力じゃないんですよ」

と、一緒に鯛焼きを食べながら爽香は言った。「でも、本当に困ったときには、ふしぎと誰かが助けてくれるんです」

「それが爽香さんの力なんですよ」

と、伽奈は言った。「そんなに長くお付合していているわけでもない私にも、よく分ります」

「頼りないからじゃないかな。それとも、危っかしいか」

「でも、生き抜いて来られたんですから――。あ、メールだ」

伽奈のケータイにメールが入って来た。それを見て、

「刑事の大津田さんからです。――あの火事の跡で見付かったケータイに、写真のデータが残ってて、そこに殺された山沼が写ってるって……」

「写真が?」

「ええ。送られて来たんで、見て下さい」

爽香は、一応鮮明に見えるその写真を見た。

どうにも、見ていて気持の悪くなりそうなものだ。

上半身裸の女の子を挟んで、男二人が笑ってピースサインをしている。

「その子は、同じ店にいた子です。でも、火事の前に他所へ移ったので、命拾いしましたね」

「この左の男が――」

「ええ。山沼っていう人です。前にも来てたんですね。私は見たことなかったけど」

ワイシャツの前をはだけて、酔っ払っているのか、赤い顔をしている。しかし、爽香の目はもう一人の男の方に向いていた。

「――伽奈さん。もう一人の男の人、分ります?」

「え？　もう一方の……右の人ですか」

伽奈はしばらくケータイを手にして眺めていたが、「――思い出した。ええ、私、相手したことあります」

「そうですか……」

爽香にも意外だった。もう一人の男は、どう見ても井田和紀だったのだ。

「お知り合いですか？」

と、伽奈が訊いた。

「ええ。――ちょっと縁があって。というか、私と同じ高校で」

「え？　じゃ、爽香さんと同い年？　とてもそう見えませんね」

「井田君が……。あなたの店に何度か来てたんですか？」

「いつも私が相手したわけじゃないので。でも、私がたぶん二回は付いたことがありますから、他の子とも……。何度か来てたんでしょうね」

井田は浮気の現場を妻に見られて、喧嘩のあげく家を飛び出したのだ。――こういう店で遊んでいてもおかしくはない。

「失業中だったのに……。でも、いつごろだろう、これ」

爽香はその写真を、自分のケータイに送ってもらった。

「何かその人のことで問題が？」

と、伽奈が訊いた。

「ええ、ちょっと……。奥さんを殺した容疑で捕まってるんですよ」

爽香の言葉に、伽奈は唖然とするばかりだった。——爽香はため息をついて、

「何だか、やっぱり私っておかしいですね」

「大変ですね。本当に奥さんを……」

「当人は否定しています。私も、彼にそんなことができるとは思えないんですけど」

と、爽香は言って、「そうだ。それより、この写真を見ると、井田君は山沼って人と親しかったみたいですね」

「そうですね。——私は、たぶん当りさわりのない話をしただけだと思います。特に記憶がないですから」

井田がもし、山沼という男と親しかったとしたら……。偶然だろうか?

「——伽奈さん」

と、爽香は言った。「この写真の女の子に連絡できませんか?」

「え? さあ、どうだろ……。ケータイ番号とか訊くほどは親しくなかったんで」

と、伽奈は言った。

「そうですか。じゃ、連絡つきませんね」

と、爽香は肯いて、「何という名前だったか……」

「お店での名前は〈マユ〉でした。名前は——そう、〈近藤《こんどう》〉だったと思います。〈近藤真由《まゆ》〉」

と、伽奈はメモ用紙に名前を書いた。「爽香さん、彼女に何か……」

「何ってこともないけど……。ともかく会って、井田君のことを訊いてみたいんです。全然関係ないと思ってたことが、大切な手掛りになるかもしれないんで。あるんですよ、そんなことが」

「そうですか……」

伽奈は少し考えていたが、「もしかしたら……」

「え？」

「〈マユ〉の移った店が分るかもしれません。噂《うわさ》で聞いただけだから、はっきりしませんけど」

「教えて下さい。捜してみます」

と、爽香は身をのり出した。

「でも……。そういう店に爽香さんが一人で行っても……」

「大丈夫ですよ。色々経験してますから、私」

「向うが用心しちゃうと思うんです。特に何か事件に係ってたりすると……」

伽奈はちょっと小声になって、「もしよかったら……」

「痛まない？」

と、爽香は言った。「下がでこぼこしてるけど」

「大丈夫。このまま、細い道を入って下さい」

爽香は、伽奈の車椅子を押していた。

病院の車椅子を借りて、外出して来たのである。医者には、

「ちょっと近くを回って来たい」

と言って、許可してもらった。

明男に車で病院の近くへ迎えに来てもらい、伽奈の指示で車を走らせた。

「大丈夫か？」

と、明男が心配したが、

「何かあれば、ケータイにかけるから」

車を降りて、爽香は車椅子に伽奈を乗せると、夜の繁華街へと入って行った。

道の両側に、カラオケ店やスナック、バーが並んでいる。

「奥へ入ったところなんです」

と、伽奈が言った。「ええと……。確か、その角を曲って」

さらに狭い道へと入って行くと、蝶ネクタイをした若い男が、ふしぎそうに二人を眺

めていた。

すると、店の中から黒いスーツを着た男が出て来て、

「おい、誰か良さそうなのがいたら、強引にでも引張って来るんだぞ」

と、若い男に言ったが、その当人も三十になるかどうかというところだろう。

そのとき、車椅子の伽奈が、

「あ！」

と、声を上げた。「あんた！」

「え？」

スーツの男は伽奈を見て目を丸くすると、「お前……」

「ここでマネージャーやってるの？――爽香さん、こいつ、あの火事になった店のマネージャーだったんです！」

「まあ」

「自分はさっさと逃げて！　店の子を助けるのが当然でしょ！」

「おい、やめてくれ」

と、男はあわてて、「だって、自分の命が惜しいじゃないか」

「火を出した責任だってあるんじゃないの！」

「だから……。でも、お前、生きてたのか。良かったな」

「ちっとも良くない！　手首と脚、骨折したのよ」

「だけど、命があれば……。お前、どうしてこんな所に？」

「この店に〈マユ〉ちゃん、いるでしょ」

「〈マユ〉？　ああ、いるけど……」

「呼んで。訊きたいことがあるの」

伽奈の方が圧倒的に強い。

「分ったよ。待っててくれ」

と、中へ戻りかけて、「な、黙っててくれよ、俺のこと」

「警察には言わないでおいてあげるわ。早く――」

「ありがとう！　すぐ呼んで来る」

と、あわてて店の中へと駆け込んで行った。

「偶然ね」

と、爽香は言った。

「ここで会うなんて……。あんな目にあったら、こりると思うんですけどね、普通は」

と、伽奈は首を振って言った。

店から、ほとんど脚をむき出しにした女の子が出て来ると、

「伽奈さん！」

と、目をみはって、「生きてたの？　良かった！」

「何とかね」

「大変だったわね。でも、あそこ、危かったよね。ここだって、大して違わないけど……。私に用事？」

「訊きたいことがあるの」

道路ではちょっと、というわけで、近藤真由と爽香たちは、近くのスナックに入った。

「――この写真、真由だよね」

と、伽奈がケータイの写真を見せた。

「そう。――この二人ね。憶えてるわ。ネチネチして、しつこいの」

と、真由は顔をしかめた。「この人たちがどうかした？」

「二人は一緒に店に来ていたの？」

と、爽香が訊いた。

「ええ。私、何度か相手したわ。そう。――たまには一人ずつのときもあったけど、たいてい一緒だったわね」

と、真由は言って、「でも、お金出すのはいつもこっちの人だった」

と、山沼の方を指した。

「もう一人は普通のサラリーマンで、あんまりお金ないらしかったわ」

井田には、この手の店で何万円も出す余裕はなかっただろう。

「どうして知り合ったのかは知らない。そういう話はしてなかった。ただ……」

と、真由は少し考えてから、「――うん。このお金持ってる人が、何だかどこかの会社の偉い人の一族だって言ってたわ。それはもう一人の方が、『こいつは俺とは身分が違うんだ』って、わざといじけて見せたりしてたから、憶えてる」

「それは本当ね。父親は国会議員だし」

「へえ！　そうなの？　もっとサービスしときゃ良かった」

「他に二人がどんなこと話してたか、憶えてない？」

「そうね……。あ、もう一杯、いい？」

真由はカクテルを頼んで、「そう。この人がひどく落ち込んでた。リストラって言うの？　失業したみたいだったわ」

「それも事実ね。もう一人が、そのことで何か言ってた？」

「ああ……。私、言ってやったの。『あんた偉いんでしょ。仕事、世話してあげなさいよ』って」

「そしたら？」

「『簡単じゃないんだ』って、渋い顔してたわね。そんなもんなの？」

それが山沼哲二なら、兄と違って会社に勤めているわけではないのだから、自分の一存で入社させるわけにはいかなかったろう。

「このお金持ってる方のお客は、火事のとき亡くなったのよ」

と、伽奈が言った。

「あのとき？　気の毒に。もう一人は？」

「今、ちょっと面倒なことになってるの」

と、爽香は言った。「それはともかく、何か他に――」

「そうだ。リストラされた人の奥さんのことを言ってたわ、その人」

「奥さんのこと？」

「ええ。――何だか、奥さんのこと気に入ってたみたいで、『紹介しろよ』とか……。もちろん、ふざけてだけどね」

山沼哲二が、井田の妻に関心を持っていた。――それは爽香にとって重要な事実だった……。

車で病院へ送ると、明男は車椅子をトランクから出して、伽奈を座らせた。

「私、何かお役に立ったんでしょうか」

と、伽奈が訊いた。

「もちろんよ」

と、爽香は肯いて、「ごめんなさいね、引張り回して。――じゃ、病室まで行ってくる」

「ああ、ここで待ってる」

と、明男は言った。

爽香はすぐに戻って来て、助手席に座った。

「何か収穫はあったのか？」

「ええ、色々と」

爽香はケータイを取り出して、あの〈マユ〉という女の子を挟んで井田と山沼が写っている写真を見せた。

「能天気な連中だな」

と、明男はケータイを手に取って、「この女の子は……」

「会って来たわ。他の店で働いてた」

「そうか。まだ若いよな。二十七、八か？」

「それぐらいでしょ。胸、大きいね」

「写真だけじゃ――」

と、明男はケータイを爽香へ返そうとして、「あれ？」

と、もう一度写真を見た。

「どうしたの？」

「この顔……」

「ああ。そっちが井田君よ。見憶えある？」

「いや……。もう一人の方だ」

「もう一人？　山沼って——死んだ方の男よ。知ってるの？」

明男はその顔を拡大して、

「山沼っていったか？」

「ええ」

「こいつ……後輩だったんじゃないか、あの高校で」

「え？」

爽香は仰天して、しばし言葉を失った。

18　罠と獲物

「分ったわ」

と、爽香は言った。「高校の卒業生名簿、調べた。二年下に、山沼哲二がいる」

「やっぱりな。俺が三年生のとき、一年生だろ？　クラスで喧嘩して、相手にけがさせたんだ。何日か停学になったと思うぜ」

と、明男は言った。「俺が風紀委員のときだった。その顔を憶えてるよ」

「そうだったのね！」

爽香は首を振って、「じゃ、井田君とも何かで知り合いだったのね、きっと」

「同じクラブとかな」

「だったら分るわね」

夕食の席で二人がずっとそんな話をしているので、珠実はちょっと顔をしかめた。

「そんな話しながら食べてると、栄養にならないよ」

「ごめんなさい！」

と、爽香は言って、「もっとご飯食べる？」

「太るからいらない」

「おい、今からやせることなんか考えるなよ」

と、明男は言った。「お母さんを見ろ。ちっともやせてないけど、魅力的だろ？」

「こら！」

――珍しく、早い時間に帰って、三人で夕食をとっている。

そして、珠実がお風呂に入ると――もう一人で入るようになっている――明男が言った。

「思い出したよ。その山沼って奴の処分が不服で、母親が学校に乗り込んで来た」

「そういうタイプの人？」

「ああ、かなりのマザコンだったと思うぞ、あいつ」

爽香のケータイが鳴った。

「松下さんからだわ。頼んどいたの、山沼のこと。――もしもし」

「やあ」

〈消息屋〉の松下の、いつもの陽気な声が聞こえた。

「山沼哲二のこと――」

「うん、お前と同じ高校だったんだな。そっちでも分ったのか？」

「一応チェックしてね。その辺の事情は？」

「山沼大樹の古い知人がいてな、前に仕事を頼まれたことがあるんだ。家出した娘を捜してくれという話でな。三か月かかりきりになって、やっと見付けた。感謝してくれてるんで、色々話を聞いたよ」

「例の双子の兄弟のことですね？」

「出来のいい兄を父親が、出来の悪い弟を母親が可愛がってたってことだ。もちろん父親の方も、女を作ったりは日常のことで、妻の伸子が哲二を連れて家を出たことがあった。お前と同じ高校に通ってたのはそのころのことだろう。兄の方は私立の有名校に行ってたそうだからな。もっとも『金を出しゃ入れる』有名校ってことだが」

「分りやすいわね。兄の公吉の方も、真面目っていうだけで、そう優秀でもなかったんですね」

「少しはましだったってくらいだろ。――ともかく、哲二は高校を出てから、伸子と一緒に家に戻った。伸子も、夫のすることに目をつぶっていれば、金にゃ不自由しないわけだからな。もっとも、哲二はますます遊ぶ方だけ熱心になったようだ」

「そうでしょうね」

「で、ちょっと面白い話を聞いた」

「何ですか？」

「公吉が結婚してたというんだ。それも、父親に内緒で入籍していたと」

「相手の人は？」

「それが、ごく平凡な勤め人らしいんだな。今どこに住んでるのか、調べてる」

「よろしくお願いします」

「しかし――お前の話だと、死んだのが公吉じゃないかもしれないっていうんだろ？　その可能性はありそうだぜ」

「何かそんな話が？」

「母親の伸子が、俺が話を聞いた人の所へ、『哲二から連絡がなかったか』と訊いて来たというんだ。風来坊だから、どこかへ旅行してるのかもしれないが、母親に連絡して来ないってのは妙じゃないか？　伸子はかなり焦ってたらしい」

「そうですか」

爽香は少し考えていたが「――松下さん、その伸子さんに会うにはどうすればいいですか？」

と訊いた。


伸子はくり返しケータイを確かめていた。

やっぱり哲二からの連絡はない。

「おかしいわ……」

と、伸子は呟いた。

もし哲二がケータイを失くしたとでもいうのならともかく、それでも何日も伸子と連絡を取らないのは不自然だ。

夫に訊いても、ろくに耳を貸そうとしない。伸子は本当に警察に捜索願を出そうかと思っていた。

タクシーは、都心のホテルの玄関に着いた。

「充分間に合うわね」

と、タクシーを降りながら腕時計を見る。

「これは山沼様」

ホテルのロビーへ入ると、支配人が飛んで来た。

「こんにちは。――いつものお部屋ね」

「はい。いつもの個室が用意してございます」

伸子はエレベーターで最上階へと向った。伸子自身は、そう人付合の好きな方ではないのだが、月に一度のこの会合には出席していた。

哲二の通っていた――実際はほとんど行っていなかったが――大学の父母会で知り合った母親たちの集まりで、いずれも裕福な家の「奥様」ばかりである。

月に一度、このホテルでランチを食べながら、「商売」をする。めいめいが、趣味でジュエリーデザインとか、油絵、彫刻などをやっていて、毎月誰かが自作を持って来るのだ。

ジュエリーなど、伸子はあまり趣味ではないが、付合というもので、一つ二つは買うことになるのだった。

「今日は誰だったかしら……」

と、エレベーターの中で、伸子は考えていた。

「今、エレベーターに乗ってった女がいただろう？」

と、ケータイへかけて来た男は言った。

「分りました。写真でもちゃんと分りますよ」

と答えたのは、ロビーの隅で、旅行のパンフレットを見ているふりをしていた男で、ポケットからその女の写真を取り出して眺めた。

「いいか、打合せ通りに手早くやるんだぞ」

「分ってますよ。任せてください」

男はケータイを切ると、「さて……。少し時間を潰さないとな」

と言った。

その女は、このホテルの最上階で、親しい奥さん同士、集まってランチを食べるのだという。どう考えても、一時間では終るまい。

それまで、ここでボーッと立っているわけにはいかない。

男は、ロビーの奥がコーヒーラウンジになっているのを見て、そこで時間を潰すことにした。

ちょうどエレベーターに乗り降りする客が目に入る席を選んで、落ちついた。

一応メニューを広げたが、コーヒーが千五百円もしていて目をむいた。

しかし、それより安いものは見当らない。

「コーヒー」

と、ぶっきら棒にオーダーして、「この代金も別にもらわねえとな……」

と呟いた。

しかし——一応、写真の女だとは分ったものの、エレベーターまでは大分離れている。

顔がはっきり見えるところまでは……。

「まあ、大丈夫だ」

と、自分に言い聞かせる。

女を一人、車の中へ連れ込む。その先はどうなるか知らない。ともかく、男には他に若い弟分が二人待機している。

女の一人くらい、三人がかりなら簡単にやれるだろう。それでいい金になる。

詳しいことは聞かされていないが、充分だ。

「うん。あのコートが目印だな」

と、男は肯いた。

その女は、かなり目立つオレンジ色のコートをはおっていたのだ。あれが目印になる。

コーヒーが来ると、男は千五百円の味を真剣な顔で味わった。

「――いらっしゃいませ」

と、ウエイトレスが言って、ラウンジに小柄なメガネをかけた女が入って来た。

「奥のテーブルがよろしいですか?」

と訊かれて、

「いえ、入口に近い方が」

と、その女は言った。「待ち合せなんです。ロビーが見えた方がいいので」

「でしたら、こちらへ」

その女は、コーヒーの味に首をかしげている男の斜め後ろぐらいの席につくと、

「カフェオレを下さい」

と言った。

「かしこまりました」

カフェオレをオーダーした爽香は、ケータイを取り出して、松下が送ってくれた山沼伸子の写真を眺めた。少し前のものらしいが、それしか手に入らなかったということだった。

まあ、何とか分るだろう。

山沼伸子と会うにはどうしたらいいか。松下が調べてくれたのが、月に一度、このホテルで行われる〈母の会〉だった。

山沼哲二が大学を出て、もう二十年以上たつのだが、母親同士の付合が続いているということだった。

「その会には欠かさず来ているらしいぞ」

と、松下は言った。

大分待つことになるかもしれないが、仕方ない。爽香は、カフェオレが来ると、できるだけゆっくりと飲み始めた……。

「可愛いデザインね！」

「そうね。色のバランスがいいわ」

丸テーブルを囲んだ七人の女性たちは、ランチを食べながら、テーブルの中央に並べられたアクセサリーを口々にほめていた。

伸子にはあまりそういうセンスがないので、どう言ったものか、よく分らないのだが。

「山沼さんはどれがお好み？」

と訊かれてドキッとする。

何といっても、夫が国会議員というので、他の奥さんたちが気をつかってくれる。訊かなくては悪いと思うのだろう。

「そうね……。どれもすてきだわ」

と答えたが、一番高いものを勧められても困る。「着てるものに合うのは……そのピンクのブローチかしら」

ろくに考えずにそう言うと、

「今日のお魚はおいしいわね」

と、話をそらした。

「——そういえば」

と、隣の席に座った女性が、「山沼さんの着てらしたコート、私のとよく似ていたわね」

「え？　そうだった？」

「入って来られたときに、あれ、って思ったの。イギリスの〈B〉のコートでしょ」

「そう……。たぶんそうだと思うわ」

「ね、同じオレンジ色で。私も、何色にするか迷ったんだけど、あれが一番良かったわね！　明るいけど、派手でなくて」

「そうね。もう六十代ですもの、派手なのはちょっとね……」

みんな充分に派手なので、笑いが起ったものの、また話は変った。

「——早めにコーヒーをね」

と、幹事役の女性が店のマネージャーに言った。「ご用があって、お急ぎの方がおられるから」

「私も後の約束があるの。早く済むと助かるわ」

「それじゃ、お気に召したのがあれば、注文しましょうよ」

セールスが始まって、結局、伸子はブローチとネクタイピンを買うことになった。

「じゃ、出来次第、お送りするわね」

と、持ち込んだ女性はしっかり記録を取っている。

値段は誰も訊かない。品物が届いたとき、中に請求書が入っていて、それを見るまでは分らないのである。

——あんまり高くないといいけど。

たぶん、誰もがそう思っている。しかし、そんな気持はおくびにも出さず、みんな食後のコーヒーを飲みながら、次の会合の日時を相談し合っていた……。

19　しくじり

「あ、爽香さん」

ラウンジに入って来て、岩元《いわもと》なごみはすぐに爽香を見付けた。

「なごみちゃん、悪いわね。仕事中でしょ？」

と、爽香は言った。

「いえ、どうせ一日中ほとんど外出してるんで」

と、なごみは爽香と同じテーブルについて、「レモンスカッシュ」

と、注文した。

「――それで、ご用って？」

と、なごみが訊く。

「持って来てくれた？」

「このスマホなら充分画質もいいですよ」

「動画が撮れるのね？」

「もちろん」

ちょっとふしぎそうに、「何を撮るんですか？」

「何だか、その手のことには弱くってね」

と、爽香は苦笑した。「これからある人に会うの。その人と話すのを撮ってほしい」

「気付かれないように？」

「できればね」

なごみはニッコリ笑って、

「また、何か危いことに係ってるんですね？」

「そうならないように祈ってはいるの。本当よ」

「分ってます。でも、涼《りょう》君はいつも心配してますよ。どんな人なんですか、今日の相手って？」

爽香は、松下が送ってくれた、山沼伸子の写真をなごみに見せた。

「私の方へ送って下さい」

「どうやるの？」

なごみがさっさとやってくれる。

「――少し前の写真らしいわ。私も見て分るか自信ないんだけどね」

「待ち合せてるんですか？」

「いいえ。あのエレベーターを見ていて、降りて来たところを捕まえる」

「何かの犯人とか？」

「まさか。私、刑事じゃないわ。立ち話で終るかもしれないけど。——ともかく、今、このホテルの上の方で、奥さんたちの集まりに出席してるってことなの」

「エレベーター……。ちょっと離れてますね」

「そうなの。でも、ロビーでずっと立って待ってたら、何言われるか……」

「難しいですね」

「大丈夫？　撮れる？」

「度胸は人並以上にあります」

爽香はちょっと笑って、なごみが飲物を空にすると、少し早めに二人でラウンジを出た。

ロビーの奥、エレベーターに近い所に、宅配の荷物を受け付けるカウンターがあった。

爽香となごみは、そのカウンターに置かれた案内のチラシを手に取って読んでいるふりをすることにした。

ホテル内でのイベントの案内や、泊り客向けの、ホテル周辺のジョギングコースの地図など、眺めていても怪しまれずに済みそうだった。

エレベーターの扉が開く度に、そっちへ目をやったが、なかなか山沼伸子は現われなかった。

「奥さんたちの集まりなんですか」

と、なごみが言った。「一斉にワッと出て来たら、見付けるの、大変かもしれませんね」

「きっと、にぎやかにおしゃべりしてると思うわ。目をこらしていてね」

「はい。目はいいんで」

と、なごみが言うと、またエレベーターが下りて来て、扉が開いた。

「そうなのよね！」

「この間なんか、ここで知ってる人と三人も会っちゃったわ」

にぎやかなおしゃべりが聞こえて、同年輩の女性たちが大勢降りて来た。

「爽香さん」

「あれね、きっと」

二人はそのグループの方へと急いで歩いて行った。


しまった！

もっと時間がかかると思って、ラウンジで三杯目のコーヒーを飲んでいた男は、エレベーターから、あのオレンジ色のコートが他の女たちと交じって降りて来たのを見て、焦った。

支払いをしている暇はない。

男は急いで立ち上ると、ラウンジから小走りに出た。

一人一人の顔を見てはいられない。ともかく、オレンジ色のコートを追いかけた。

外へ出る！　男はあわてて駆け出した。

そのせいで、もう一人、エレベーターから最後に降りて来たオレンジ色のコートには、全く気付かなかった。


「あの人ですね」

と、なごみが言った。「オレンジ色のコートの人」

「前の方にも同じコートの人が」

と、爽香は言った。「でも――そうね。後の方の人だわ」

何人かで固まってしゃべりながら正面玄関へと向っている。話しかけるタイミングが難しそうだ。

「ロビーを出てからの方が」

と、なごみが言った。「出た所で、きっと別れますよ」

「そうね」

爽香たちは、そのグループに続いて、玄関から外に出た。

「それじゃまた」

「どうも」

と、声を交わして、左右へ散って行く。

タクシー乗場へ向う三人の中に、山沼伸子らしい女性はいた。

うまく声をかけられるだろう、と爽香は思った。そして——爽香はふと、先に出た、もう一人のオレンジ色のコートの女性の方を見て、

「何だかおかしいわ」

と言った。

「どうしたんですか?」

「あの女の人を追いかけてる男がいる」

「本当だ」

見ていると、突然その女性の行手を、別の二人の男が阻《はば》んだ。女性がびっくりして逃げようとする。ただごとではない。

「なごみちゃん! あっちを撮って!」

爽香は駆け出した。

白いワゴン車がそこへ寄って停った。

二人の男が、その女性の両腕をつかんで、ワゴン車の方へ引張って行く。ホテルから女性を追っていた男がワゴン車に駆け寄って、スライドドアを開けた。

コートの女性を無理矢理車へ連れ込もうとしている！

爽香は駆けて行くと、手にしたバッグを男たちに向って投げつけた。女性の腕を取っている男にうまくバッグが当った。

痛みより、びっくりしたのだろう、男が思わず女性の腕をつかんでいた手を離した。女性がその男の手を振り払う。そのとき、スライドドアの中から、

「馬鹿！　違うぞ！」

という男の声がした。

ワゴン車は、そのまま走り出してしまった。三人の男は、一瞬立ちすくんだが、すぐにコートの女性を放り出して、一斉に逃げて行った。

「大丈夫ですか！」

爽香は、道に座り込んでしまった女性へと駆け寄った。

「どうしたの？　私……」

「立てますか？」

「ええ……。でも、どうなってるの？」

なごみも走って来た。

「爽香さん。今の車のナンバー、撮りました」

何ごとかと、ホテルのドアボーイが駆けて来る。そして、タクシー乗場に並ぼうとしていた女性たちも、

「奥さん、大丈夫?」

「何が何だか……」

「誘拐されるところだったんですよ」

と、なごみが言った。「間に合って良かった」

「まあ……。こんなことが……」

誰もが呆然としている。——爽香は、オレンジ色のコートのもう一人に、

「失礼ですが、山沼伸子さんでしょうか」

と訊いた。

「え? ——ええ、そうですけど」

「本当は、山沼さんがさらわれるはずだったのだと思います」

爽香の言葉に、山沼伸子はただ呆気に取られるばかりだった。

「同じコート……」

と、山沼伸子は呟いた。

「先に出られた方を、間違って車へ連れ込もうとしたんでしょう」

と、爽香は言った。

「でも……どうして私を？」

――ホテルのフロントの奥に小部屋があって、今、爽香となごみ、そして山沼伸子は、そこのソファにかけていた。

「なごみちゃん。動画は見られる？」

「ええ。――画面が揺れてますけど」

スマホの動画を再生すると、三人の男たちの顔も映っていた。

そして、ワゴン車の中からの、

「馬鹿！　違うぞ！」

という男の声も聞き取れた。

「人違いと気付いて、車は走り去ったんですね。狙われる心当りは？」

「知らないわ。私なんかどうして――」

ホテルの人間が気にして、

「山沼様、この件は警察に届けた方がよろしいでしょうか」

と訊きに来た。

ホテルとしては、警察沙汰にしてほしくないという思いが伝わって来た。

「お話ししてからの方が」

と、爽香は言った。

「あなたはどういう方なの？」

と、伸子がふしぎそうに言う。

「お目にかかりたくて、お待ちしていたんです。まさかあんなことが起るとは……」

スマホの動画が、くり返し流れていた。そして、

「馬鹿！　違うぞ！」

という男の声をもう一度聞いた伸子は、

「待って。今の声……」

と、息を呑んだ。「知ってる声だわ。でもそんなこと……」

「伸子さん。先日の風俗店の火事で、息子さんが亡くなったのですね」

「え……ええ、そうなんです……」

「ちょっとわけがあって、そのことでお訊きしたいんです。亡くなったのは双子のお子さんの長男の公吉さんだったのですね」

「そう聞いてます……」

「でも、生きておられるはずの次男の方と、連絡がつかないと伺いました」

「そうなんですよ。あの子は私に必ず連絡を取って来ました。それなのに……」

と言いながら、伸子の顔はこわばって来た。

「伸子さん、あのワゴン車から聞こえた声、どなたのものだったんですか?」

と、爽香は訊いた。

「あれは……」

伸子の声が震えた。「公吉の声です」

「亡くなったはずの、ご長男の?」

「ええ。——親ですもの。息子たちの声は分ります」

「それって、つまり……」

なごみがびっくりして、「息子さんがお母さんを誘拐しようとしたってことですか?」

「やっぱり……」

と、伸子が力なく言った。「死んだのは哲二の方だったんだわ」

「でも、調べたはずですよね」

と、なごみが言った。

「公吉は、主人がずっと目をかけていました。私はその分、下の哲二をひいきにしていて……。主人への対抗意識があったんです」

爽香はホテルの人間をチラッと見て、

「伸子さん。警察へは届けない方が?」

「ええ。——実の息子にさらわれそうになるなんて、恥ずかしい。とても公にできません」

「かしこまりました」

ホテルの人間は、ホッとした様子で出て行った。

「私を……殺そうとしてたのかしら」

と、伸子が言った。

「そうではないでしょう。ただ、亡くなったのが公吉さんだと納得して、そう認めてもらうことが目的だったんじゃないでしょうか」

「つまり……私が哲二を捜し回ったりするのをやめればいいということ？」

「おそらく。——公吉さんが哲二さんとして生きて行くのを、黙って見ていてほしいということだったんでしょう」

「でも、爽香さん」

と、なごみが言った。「どうして死んだのが長男だってことにしなきゃいけなかったの？」

「それは分らないわ」

と、爽香は首を振って、「訊いてみるしかないでしょうね。山沼公吉さん本人に」

「いいえ」

と、伸子がきっぱりとした口調になって、「公吉に、そんな大それた真似はできません！　考えたのは、私の夫、山沼大樹です」

「そうですね。おそらくそうだと思います」

「私が夫を問い詰めます！　自分の妻をさらおうとするなんて、失礼です！」

伸子はショックから立ち直って、やっと腹が立って来たようだった。

「国会議員なんですよね？」

と、なごみが言った。「でも、奥さん、用心した方が。もちろん、またさらおうとはしないでしょうけど」

「大丈夫。なごみちゃんのスマホにその映像が残ってるんだから。とぼけてもむだよ」

「あ、そうか！」

と、なごみは手にしたスマホを見た。

「その映像を、パソコンに保存しておいて。伸子さん、よろしいですね」

「ええ、もちろん！　間違ってさらわれそうになった方のことも考えなくては」

「ああ、そうですね。怖い思いをされたんですから……」

「きっと、ご主人や親しい方たちにしゃべりまくっていると思いますよ。――私が本当にさらわれていたら、どうなったか……。杉原さん、でした？　あなたのおかげです」

「いえ、そういうわけでは……」

もともと、別の用事で伸子に会いに来たのだったが、火事で死んだのが、実は双子の弟の方だったことが、思いもよらない展開で明らかになったわけだ。

伸子は、やっと気が付いた様子で、

「それで――私に何のご用だったんですか？」

と、爽香に訊いた……。

20 誘われて

「人違いって……」

と言ったきり、山沼郁子は絶句した。

公吉は渋い顔で、

「プロのギャングじゃないんだ。そううまく行くもんか」

と言って、コーヒーを飲んだ。

「プロのギャングっているの？」

と、克代がちょっとピントの外れたことを言い出す。

中野の別宅に集まっていた三人は、「母親誘拐計画」の失敗で、困惑していた。

「——あなた」

と、克代が言った。「やっぱり、お母様をさらうなんて考えが間違ってたのよ。人の道に外れてるわ」

「そう言うなよ。俺だって気は進まなかったんだ」

「今さら何よ」

と、郁子は公吉をにらんで、「そんなドジな連中にやらせたのが間違いよ」

「たまたま、同じ目立つコートを着てたんだ。だけど、向うは何が何だか分ってないと思うぜ」

「違う人をさらってしまわなくて良かったわね」

と、克代が言った。

「お母さんはお兄さんのこと、気が付かなかったのね？」

「ああ。そばにいなかったし、まさか誘拐されるなんて、考えちゃいないだろう」

「全く……。お父さんに知れたら、何て言われるか」

母、伸子をさらって、少々手荒だが、哲二のことを忘れて、夫の言うことを受け容れないと命の危険があると脅す。——無茶ではあるが、伸子を黙らせるにはそれしかない、と考えての犯行だったのだが……。

「おい、郁子。この計画、親父には何も言ってなかったのか？」

と、公吉が訊いた。

「言ってないけど……。でも、お父さんだって、『伸子を黙らせるには、思い切った手を打たなきゃな』とは言ってたんだから。詳しいことは知らなくても、うまく行ってさえいれば、喜んでくれたはずよ」

「じゃあ……もう一度やるか？」

「そんな……。やめましょう」

と、克代が呆れたように、「ね、あなた。お金なんかどうにかなるわ。私、何をしても稼ぐから。もうこんな危いことはやめましょうよ」

「ちょっと待って」

と、郁子が言った。「そうはいかないわよ。何しろ公吉兄さんは死んだことになってるんですからね。あなた、幽霊の奥さんになってもいいの？」

そう言われると、克代も口をつぐんでしまう。

「ともかく、何か他の手を考えましょ。私も、いつまでも向うで、うだつのあがらない生活していたくないのよ」

「それが本音か」

「何よ。どっちにしたって、お父さんにくっついて生きて来たんじゃないの」

レベルの低い内輪もめをしていると、郁子のケータイが鳴った。

「お父さんだわ。——もしもし？」

と出ると、凄い声が飛び出して来た。

「お前ら、何をやらかしたんだ！」

郁子はあわててケータイを耳から離すと、

「そんなに怒鳴らないでよ。何を怒ってるの？」

「お前らのやったことで、一千万も請求されたぞ」

「待ってよ。――何の話？」

「伸子をさらおうとして、人違いをやらかしたんだろう」

郁子も、父親の声が聞こえていた公吉もびっくりした。

「お父さん……」

「全く！　間違ってさらわれそうになった伸子の知り合いの奥さんがな、俺の所へ電話して来た。警察へ届けない代りに一千万円支払え、と言ってな」

「そんな……。お母さんには分らなかったはずよ。どうして――」

「人違いだと気が付いた公吉の声が映像に入ってる」

「え……」

公吉が愕然として、「あのとき――バッグを投げつけて来て、邪魔した女がいた……」

「使った車のナンバーも映ってる。金で済ませるしかないだろう」

「運が悪かったのよ」

と、郁子は言った。「じゃ、お母さんも知ってるってこと？」

「当り前だ」

それはそうだ。でなかったら、父の所へ一千万円も要求して来ないだろう。

「ともかく。そっちへ行くわ。——お母さん、今どこにいるの？」

「知らん。隠れてるんだろう。公吉と哲二を入れ替えるのも難しくなった。杉原とかいう女が、お前らのやりそこなったところを撮っていたんだ。明日、会うことになった。今夜、公吉と一緒に家へ来い」

そう言って、大樹は切ってしまった。

「——畜生《ちくしょう》。誰なんだ、その杉原って奴」

と、公吉が八つ当り気味に言ったが、克代は、

「でも、その人が邪魔してくれなかったら、間違った人をさらってたかもしれないんでしょ？」

と言った。

「そうか。——じゃ、礼を言わなきゃいけないのか？」

郁子はため息をついて、

「初めから、お兄さんには無理だと分ってるべきだったわね……」


「爽香、悪いね。忙しいのに」

玄関に出て来た母・真江《まさえ》が言った。

「いいのよ。今夜は遅くなるって言ってあるから」

爽香は実家の居間へ入ると、「静かね。誰もいないの？」

「綾香《あやか》ちゃんは北海道に行ってて、明日帰るわ。涼ちゃんも忙しそうでね。たいてい夜中よ、帰りは」

と、真江は言った。「紅茶、いれようかしらね」

「うん……」

真江から、

「相談したいことがあるの」

と、電話して来たのだ。

真江は、爽香が社内で責任のある立場だということを知っているから、よほどのことがない限り、家に寄ってくれとは言わない。

「――瞳ちゃんは？」

と、爽香が訊くと真江は黙ってしまった。

瞳に何かあったのだろうか？　まだ短大生だし、一番問題を起しそうにないのが瞳なのだが。

紅茶をいれていると、玄関に物音がして、

「なごみです」

と、声がした。「――あ、爽香さん」

「ご苦労さま。あの映像のおかげで、真相が分るかもしれない」

「爽香さんの勘ですよ」

話を聞いて、真江が、

「ちょっと、爽香。あなた、また何か物騒なことを——」

「違うの！　今回は大丈夫。——それより、なごみちゃん、どうして……」

「涼君から聞いて。爽香さんが帰りに寄るって」

「何か心当りが？」

「瞳ちゃんのことですね」

と、なごみが訊くと、真江は肯いてソファにかけ、

「そうなの。最近、大学を休んだり、外泊するようになってね。何だか、私が見てても、様子が変ったようなの。心配になって」

「瞳ちゃんには訊いたの？」

「それが、どこに泊ったとか言わないんだよ。何度も訊くと、『少し放っといてよ！』って怒るし……。前はあんなことなかったのに」

「そう……」

爽香は紅茶を飲みながら、「でも、あの子ももう二十歳よ。お付合もあるだろうし……」

「恋ですよ」

と、なごみが言った。

「え？」

「瞳ちゃん、恋してる。会えば一目で分ります」

なごみは涼と一緒にいることが多いから、爽香よりも瞳を見ている。

「――そうなの？」

真江が目をパチクリさせて、「瞳ちゃんが恋？　まだ子供なのに」

「二十歳は子供じゃないよ」

と、爽香は苦笑した。「でも、なごみちゃん、瞳ちゃんは――」

「知ってます。だから女性に恋してるんですよ」

瞳は男の子に関心がない。爽香はふと思い付いて、

「もしかして、あの歌手の……」

「そうだと思う。三ツ橋愛に恋してるんですよ」

「個人的に付合ってるってことかしら？　三ツ橋愛も……」

「うちの会社、そういう業界ともつながりがあるんで、その手のことに詳しい人に訊いてみました。三ツ橋愛も、恋人は女性だけですって」

「そういうことなの……」

真江は半ば呆然としている。

「でも、家に帰らないとか、大学を休むというのは問題ね」

と、爽香は言った。

「三ツ橋愛はもう二十四、五でしょ。歌手としても忙しいだろうし、会ったら泊って来ちゃうんじゃないかしら」

と、なごみは言った。「瞳ちゃんにとっては初恋でしょ。もう夢中になって、他のことが目に入らないんじゃないかと思う」

「そうね……」

恋する相手ができるのは自然なことだ。ただ、瞳はまだ学生の身である。三ツ橋愛がそういう瞳の立場を気にかけてくれていればいいのだが……。

「瞳ちゃんと会ってみるわ」

と、爽香は言った。「もちろん、好きな人と付合うな、なんて言わないわよ。ただ、お母さんが心配してることを伝えて、お付合するなら、隠さないで付合うようにしてくれたらって言ってみる」

「たぶん、今は何言っても聞かないと思うけど」

と、なごみは言った。「初めての恋って、そんなものですよね？」

瞳は、ベッドの中で体を伸して、深々と呼吸をした。

少し眠っていたらしい。——ベッドの中に三ツ橋愛はもういなかった。

仕事に出かけたのかしら？　でも、耳を澄ますと、ＣＤの音楽らしい音が隣のリビングから洩れてくる。

まだいるんだ！

瞳はベッドから出て、ソファにかけてあったバスローブをはおって、バスルームへ入って行った。

三ツ橋愛とベッドの中で夢のような時間を過し、そのまま眠って、目が覚めると、こうしてバスルームでシャワーを浴びる。

この手順にも、大分慣れた。——でも、愛の手で体の隅々までほぐされていく快感は、くり返す度、慣れるのではなく、一段と深まっていくようだった。

サッとシャワーを浴びて、バスルームを出る。——大学へ行かなきゃ、と思った。

そうは思うのだが、もし愛が、

「今日はここにいる」

と言えば、愛のそばにいるだろう。

でも、愛も仕事がある。

瞳はソファに脱ぎ捨ててあった服を着ると、ベッドルームからそっとドアを開けて出た。

え……。一瞬、誰がいるんだろう、と思った。

音楽をかけて、大きなソファに寛《くつろ》いでいるのは、愛に違いなかった。

「起きたの」

と、少しけだるい言い方で、瞳を見て言った。

愛はナイトガウンをはおっていた。それがいつもは明るい、可愛い色のガウンなのだが、今日はずっと暗く、焦茶っぽいガウンを着ていたので、瞳は戸惑ったのだ。

何だか突然愛がずっと年上の女性になったように思えた。そして……。

――何だろう、この匂い。

瞳が全く知らない匂いだった。タバコや葉巻なら知っているが……。

そのとき、初めて、愛が指に挟んだタバコをくゆらしているのに気付いた。

珍しい。声に悪いと言って、タバコは喫わないのに。

「瞳ちゃん。やったことないでしょ」

と、愛は少し甘えたような口調になって、「やってみる?」

と、そのタバコを差し出す。

タバコじゃない。――瞳は、一瞬、血の気がひくのを覚えた。

21 恩 義

「そうですか……」

井田梨花の声は沈んでいた。

「まあ、気を落とさないで」

と、心配して沢畑が言ってくれたが、そう言われても……。

「また、何か分ったら連絡するからね」

と、沢畑は言った。「じゃ、これから地裁なんでね」

「よろしくお願いします」

と、梨花が言い終らない内に、通話は切れてしまった。

――父の弁護士である沢畑から、梨花のケータイにかかって来たのである。

午後三時を回っていた。――梨花はため息をついて、

「何か食べなきゃ……」

と、自分に言い聞かせるように、声に出して言った。

母は殺され、父はその犯人として捕まっているのだ。梨花が一向に食欲が出ないのも当然だろう。でも、朝から何も食べていないのだ。

家を出ると、北風が冷たかった。何とか近くのハンバーガーショップまで歩いて、朝昼兼用の食事をした。

父が公園で出会ったかもしれない、〈ヤマイチ〉というホームレス。沢畑が会いに行ったが、どこかへ行ってしまっていたのだ。

沢畑は、それでも色々手を尽くして捜してくれたが、〈ヤマイチ〉の行方はつかめず、名のっていた〈熊谷〉という姓も嘘だったかもしれない、という話だった。

梨花は、味などほとんど分らないまま、機械的にハンバーガーを食べていたが——。

ケータイが鳴った。知らない番号だ。いたずらかしら？　でも……。

用心しながら、ともかく出てみた。

「もしもし。——もしもし？」

「ああ。あなた、梨花ちゃんね」

と、女性の声がした。

「あの——」

「私、頼子よ」

〈ヤマイチ〉のことを教えてくれた、女性のホームレスだ。梨花はびっくりしたが、同時に嬉しかった。このタイミングで……。

「梨花です。電話していただいて……」

「あなたのケータイ番号、聞いてたからね。これ、ちょっと人のケータイを借りてかけてるの」

と、頼子は言った。「気になってね。〈ヤマイチ〉に会えた？」

「それが……」

梨花が状況を説明すると、

「――やっぱりね。あいつはいつも人から逃げ回ってるから。〈熊谷〉ってのもでたらめだと思うわよ」

「弁護士さんも捜してくれてるんですけど」

「それで電話したの。〈ヤマイチ〉が、今私のいる所の近くに寝泊りしてるらしいのよ」

「本当ですか！」

梨花の声が弾んだ。

「何度もすみません」

梨花は恐縮して言った。

「いいのよ」

と、爽香は言った。「夜遅くに、あなた一人じゃ危いわ。大丈夫。こちらには心強い味方がいるから」

「私は用心棒じゃありません」

と、久保坂あやめが言った。

「──この辺ね」

タクシーを降りた三人は、並んでいるビジネスホテルを見上げた。

「この辺で待っててくれ、って……」

梨花の口調はやや自信なげだった。──ああいう暮しをしている人には、それぞれの事情があり、人と係りたくないという思いも強いだろう。

あの「頼子さん」にしても、いい人には違いないと思うが……。でも、きっと……。

足音がした。振り向いた梨花は、

「頼子さん！」

と、ホッとした笑顔になった。

「この前はごめんね、すっぽかして」

と、頼子は言った。「警察に引張られててね。ちょっとした誤解なんだけど、まあ目をつけられやすいからね、私たちは」

「あの……」

梨花が爽香たちを紹介した。他人には警戒するだろうと気になったが、

「梨花ちゃんの力になって下さって、ありがとうございます」

と、爽香が先に言った。「何とか本当のことが知りたいと思っています」

「あの〈ヤマイチ〉を問い詰めてやりましょう」

と、頼子は言った。「こんな生活をしてると、人を見る目はできるもんです。あなたはいい人ね」

「それで――」

「ついて来て」

頼子は、立ち並ぶビジネスホテルの間の細い道へ入って行く。「――あいつはね、昔はエリートビジネスマンだった、っていうプライドがあって、道端で寝たりするのをいやがるの。ビジネスホテルは、人手を減らしてるから、フロントも自動だしね。目につかないで中に入りこめば、翌朝まで寝てられるのよ」

ホテルの裏手は、暗く、空の段ボール箱などが積み上げてあった。

「たぶん、じきにやって来るわ」

と、頼子は言った。「このホテルの裏口は鍵が壊れてて、出入りできるのよ」

四人は、暗がりの中に固まって立っていた。

「――梨花ちゃん」

と、爽香が小声で言った。「お母さんが、あんな夜遅くに人と会っていた理由が分った気がするの」

「本当ですか」

「お父さんはリストラされて、仕事を探してたでしょう？　もし、お父さんのお友達が『仕事に就けるように紹介してあげる』と言って来たら。そのためなら、相手の都合で遅い時間でも家へ来てもらったと思うの」

「そうですね。じゃ、その友達というのが……」

「しっ」

と、頼子が言った。「ほら、見て」

重そうなコートをはおった〈ヤマイチ〉がやって来るのが、目に入った。

ホテルの裏口のドアを開けると、ニヤリと笑って中へ入って行く。

「中で話しましょう」

と、頼子が言った。「外だと、逃げられちゃうかもしれない」

「分りました」

「少し間を置いて。中で寝る仕度をしたところを訪ねて行くの。逃げられないからね」

四人は十分ほど待って、裏口から中に入った。

明りは消えているが、フロントの脇のスペースに毛布を広げて寝ている姿が、常夜灯の明りに見えた。

「ちょっと」

と、頼子が腰に手を当てて、「起きなさい！」

唸《うな》り声と共に、

「何だよ……」

と、〈ヤマイチ〉は文句を言った。

そして、梨花たちを見るとギョッとして、

「何だよ、おい……」

と起き上った。

「会っていただけるという約束でした」

と、爽香は言った。

「もう……放っといてくれ」

と、〈ヤマイチ〉がそっぽを向く。

「私はね、この子からマフラーと靴下をもらったの」

と、頼子は言った。「ただ会っただけで、何の役にも立たないときにね。あの暖かさのお礼をしなきゃならないのよ」

「お前の勝手だ。俺の知ったことじゃない」

「あんたがすねるのは自由よ」

と、頼子は言った。「でもね、いくら自分一人でいるつもりでも、私たちは他の人と全く係らないで生きちゃいけないのよ。あんたがここで寝てるのだって、この建物の暖房で、寒さから逃れられるからでしょ。食べる物だって、病気の時でも配ってくれる人たちがいる。――何かで役に立てるのなら、ちゃんと相手をしてあげなさい」

「説教は沢山だ」

〈ヤマイチ〉は、どこか怯えているように爽香には見えた。――長年の勘だ。

この人は何か隠してる。

「――私、お父さんのことが嫌いです」

と、梨花は言った。「自分勝手で、わがままで、昔から女の人のことで、お母さんを何度も泣かせて来ました。そんなお母さんが殺されるなんて、あんまり可哀そう。だから本当の犯人を知りたいんです。やってもいないお父さんのせいにしたら、本当にお母さんを殺した人間が野放しになっちゃう。そんなこと、許せないんです」

「親父さんは自業自得だろ」

と、〈ヤマイチ〉は吐き捨てるように言って、それからハッとした。

「あなたは、知っていたんですね。井田君を」

と、爽香は言った。「話して下さい！」

〈ヤマイチ〉はしばらく黙っていたが、

「俺だって……好きでこんなことになったわけじゃない」

と、呟くように言った。

話を聞いていた久保坂あやめが、

「会社が倒産して、こうなったと聞いてましたけど、そうじゃなかったんですね。今の言い方では」

〈ヤマイチ〉は無言で目をそらした。

「それでは……」

と、爽香が言った。「井田君のせいで会社をクビになったとでも?」

しばらく黙っていた〈ヤマイチ〉は、毛布の上に仰向けに寝転がって、

「ああ、そうだよ」

と言った。「会社が危くなってるとき、俺は何とか少しでも成績を上げたかった。たとえ倒産しても、他の同業者に誘ってもらえるだろ。——俺はあの前、客だった井田にずいぶん儲けさせてた。だから、夜遅くに井田の家へ行って頭を下げて頼んだ。多少の損は出るかもしれないが、その分は俺が自分の金で補うからと言って、株を買ってくれと……」

「断られたんですね」

と、梨花が言った。「お父さんはいつもお金がなくて文句ばかり言ってました。損をするようなこと、やるわけが——」

「ああ、そうさ。だがな、それだけじゃない。井田は次の日に、わざわざ支店長に電話して俺の話したことを告げ口しやがったんだ。おかげで、アッサリその場でクビさ」

と、〈ヤマイチ〉は言った。「その後、ひと月もしない内に、会社は潰れた」

「昔話は分りました」

と、爽香は言った。「井田君の奥さんが殺された夜、あの公園ですれ違ったんですね」

「ああ。もちろん偶然だった。上等なオフィスビルを追い出されて、仕方なくあの公園へ行った。中へ入るとき、出て来た男とすれ違った。どこかで会ったことがある、と思った。すぐに思い出したよ。——あいつだ」

と、〈ヤマイチ〉は言った。「井田がどうしてこんな所に？　ともかく文句のひとつも言ってやろうと思って、井田の後をついて行った。ところが井田は、とんでもなく遠回りの道を選んだ。道を知らなかったんだろう」

「それで？」

と、爽香は促した。

「俺は近い道を知ってたので、そっちを通って、奴のマンションへ先に着いた。ロビーで待ってて、びっくりさせてやろうと思ったし、あのときのことを持ち出して、少し金をせしめようとも思ってた。それで、ロビーの椅子に腰かけて待つことにしたんだ。そしたら、エレベーターの音がして……」

〈ヤマイチ〉は起き上って、「誰かがエレベーターから出て来た。こっちも、こんなりだ。あわててロビーの隅の方へ隠れたんだ。ロビーは明りが消えてて薄暗かったからな。そして、下りて来た男が……」

〈ヤマイチ〉が言葉を切った。そして、爽香も梨花も、息を止めるようにして、次の言葉を待っていた。

それが、梨花の待ちに待っていた言葉に違いないと分ったからだ。〈ヤマイチ〉は、何かを振り払うように頭を振って、

「俺は――知らなかったんだ。あの井田のマンションの中で何が起ってたか、なんて。何も知らなかった。そして、何か人の声がして、パトカーのサイレンが聞こえた。俺はあわててマンションを出たんだ」

「見たんですか」

と、梨花は訊いた。「――見たんですね！」

「エレベーターから出て来た男は……ひどくあわててた。息づかいが荒くて、おどおどして……。何かやらかして来たんだな、とすぐに分った」

「その男の顔を見たんですね」

と、爽香は言った。「ロビーは暗くても、エレベーターの前は明るかったはずです」

「ああ……。確かに見た」

と、〈ヤマイチ〉は肯いた。

「――この人でしたか」

爽香は、ケータイを取り出して、あの〈マユ〉という女の子を挟んで、山沼哲二と井田が写っている写真を〈ヤマイチ〉の前へ突き出して見せた。

「こいつは……井田だな」

「もう一人の方を見て下さい」

〈ヤマイチ〉はホッと息をつくと、

「ああ。あのとき、エレベーターから出て来たのは、こいつだった」

「間違いありませんね」

「確かだ。――こいつが井田の女房を殺したのか?」

「そうに違いありません」

と、爽香は言った。「まだこの男の持物から指紋が検出できるでしょう。凶器と突合わせれば……」

「お父さん!」

梨花が、体の力が抜けてしまったように、その場に座り込んでしまった。

「ちゃんと証言してあげな」

と、頼子が言った。「人のために役に立つことをすると、結局自分に返ってくるんだよ」

「ところで、あなたのお名前は？」

と、爽香が訊いた。

「言わなかったか？　熊谷だ。熊谷亘《わたる》」

「本当の名前だったんだ」

と、梨花はちょっと笑って、「沢畑さんに連絡しなきゃ」

「そうね」

と、爽香は肯いて、「ただ……何だか、これでまたややこしいことに……」

「え？」

「いえ、何でもないの。この熊谷さんに、ちゃんと泊る所を世話してあげなきゃね」

「はい。そう伝えます！」

梨花はケータイを手に、張り切って言った。

22　パズル

「夜分に申し訳ありません」

と、爽香は言った。

「いいえ、とんでもない！　あなたには本当にお世話になって」

コーヒーを出してくれたのは、山沼大樹の妻、伸子である。

深夜だったが、爽香は山沼の家を訪ねていた。山沼はガウンを着て、仏頂面でソファに座ると、

「会社で会うと言ったろう」

「あなた。この人がいなかったら、公吉だって郁子だって誘拐の罪をおかすところだったのよ！　感謝なさい」

「分っとる」

山沼も苦々しげに肯いた。

「急いで事態を収拾しませんと」

と、爽香は言った。「まず、亡くなったのは公吉さんでなく、哲二さんだったということ。もうごまかすことはできません」

「そのようだな」

と、山沼は渋々言った。「しかし、公吉の葬式までやってしまったぞ」

「間違いでした、とおっしゃれば、その内みんな忘れますよ。ついては、奥様、哲二さんの持物がまだ色々残っているでしょう？　指紋の採れる物を提出して下さい」

「はあ……。必要ですの？」

「奥様にはショックかもしれませんが、哲二さんは高校時代の先輩だった井田和紀さんの奥さんを殺したんです」

伸子は愕然として、

「哲二が！」

「そうです。今、井田さんが犯人として逮捕されていますが、哲二さんが現場のマンションから逃げ出すのを見た人がいます」

「あの子が……。でも、やりかねなかったと思います。親として残念ですけど」

ショックではあっても、意外ではなかったらしい。

爽香は、哲二が井田と通っていた風俗の店の話から始めて、井田の妻、尚子に目をつけていたことを説明した。

「——たぶん酔ってもいたんでしょうけど、哲二さんは井田君の家を夜遅くに訪ねて行きました。普通なら、そんな遅い時間に人を上げたりしないでしょうが、哲二さんは山沼の名前で、井田君に仕事を世話してあげられると言ったのでしょう。山沼という名も聞いていた尚子さんは哲二さんを部屋へ通しました。井田君が出て行ってしまっていると知って、尚子さんを力ずくでものにしようとして、抵抗され、騒がれそうになって、置いてあったブロンズ像で殴り殺したんです」

「やれやれ……」

と、山沼がため息をついた。「どっちにしても殺人犯か……」

「あなた。それ、どういう意味？」

と、伸子が訊いた。

山沼は少しためらってから、

「公吉の奴が突然電話して来たんだ。『哲二を殺しちまった』と」

「何ですって？」

「山沼さん。公吉さんと哲二さんを入れ替えようとしたのは、そのせいなんですか？」

と、爽香は訊いた。

「俺も、突然そんなことを言われて混乱した。何としても公吉を守らなくては、と思ったんだ。公吉は会社に勤めているし、付合もある。隠すのは難しい。しかし、哲二なら、もともと暴力団とつるんでいたりして、普通の知り合いが少ない。哲二が生きてることにした方が、ごまかせると思った」

「そんな馬鹿なこと！」

「分ってる。――後になって、どうしてあんなことをしたのかと後悔したよ。だが、公吉が死んだと発表してしまったので、引込みがつかなくなった」

「哲二さんは、あの風俗店の火事のときに亡くなったんですよね。それが公吉さんのやったことだと？」

「あのとき、哲二が公吉をあの店に呼び出したそうだ。公吉が俺に黙って結婚していることを知って、仕事を手伝えと脅したんだ」

「仕事というと……」

「はっきり聞いてないが、大方ドラッグの密輸入だろう。公吉は貿易会社に勤めている。それで手を貸せということだったようだ」

「それで争いになったんですね？」

「哲二が刃物を持ち出したんで、公吉はついカッとなって殴った。哲二は倒れたときに頭を打って動かなくなった……」

「それで――」

「公吉はそのまま店を出た。その後、店が火事になって、哲二は逃げられずに死んだ。

それで公吉は、自分のせいで弟が死んだと……」

「待って下さい。頭を打った、って、そのときには死んでいるかどうか確かめなかったんですね？」

「そうは言ってなかったが……。ぐったりして、死んだと思ったそうだ」

そうではなかった。あの根室伽奈が、美幸を救おうとして哲二を突き飛ばし、哲二は頭を打っている。――哲二はあの夜、二度頭を打っているのだ。

そう……。運悪く、哲二は二度、たぶん頭の同じところを打った。それで、火事が起ったときには死んでいた。

「でも、山沼さん」

と、爽香は言った。「そんな嘘をついたせいで、ひどい目にあった人がいるんですよ」

「分っとる。伸子の知り合いの女だな。あれは金で話をつけた。しかし、あれは公吉たち――というより、娘の郁子の奴が思い付いたことだ」

「それだけじゃありません。哲二さんの亡くなった店で働いていた女性が、危うく殺されるところだったんですよ」

爽香が、伽奈の狙われた話をすると、山沼は眉をひそめて、

「そんなことは知らん。俺は暴力団じゃないぞ。そんな危いことに手は出さん」

その言葉は本当のように思えた。では誰が？

「ともかく」

と、爽香は言った。「公吉さんに、警察へ自首してもらって下さい。公吉さんが殺したことにはならないと思いますが。そして、奥様――」

「分っています。哲二の持物を何か用意します」

「では、私はこれで」

爽香は山沼の屋敷を出た。

明男が車で待っていた。

「無事だったな」

「心配した？」

と、爽香は助手席にかけて訊いた。

「あと五分して出て来なかったら、バットを持って殴り込もうと思ったよ」

明男は車を出した。「――話はついたのか？」

返事がないので、チラッと横を見ると、爽香はもう眠り込んでいた……。


「いらっしゃいませ」

〈ラ・ボエーム〉へ入って行くと、マスターの増田がカウンターの中で顔を上げた。

そして、爽香に、

「十分前に」

と言った。

奥のテーブル席に、瞳が座っていた。

「瞳ちゃん、ごめんね。待った？」

と、爽香は向いの椅子にかけると、「マスター、いつものブレンドを」

「承知しました」

瞳は、押し黙っていた。前に置かれた紅茶にも、口をつけていない様子だった。

――どうしても会って、話したい。

瞳から電話があって、爽香は打ち合せをあやめに任せて出て来た。

母が心配していたこともあって、瞳と話さなくては、と思っていたところだ。

「――大学、行ってる？」

と、爽香が訊くと、

「ときどき……」

と、瞳がささやくように答えた。

「――どうぞ」

増田がコーヒーを置くと、爽香はブラックのままひと口飲んで、

「おいしいわ」

「どうも」

「それで——瞳ちゃん。話って？」

と訊くと、瞳が、こらえ切れなくなったように泣き出した。

増田が、

「店を閉めましょうね」

と言った。「私は出ていますから」

「ごめんなさいね」

幸い他に客はいない。増田が札を裏返し、〈CLOSED〉にして、店を出て行った。

「爽香さん……」

瞳が、何とか泣くのを抑えて、「どうしていいか分らなくて……私……」

「話してみて」

爽香は、瞳の手を取って、「好きな人ができたのね」

瞳が肯く。

「あの歌手の三ツ橋愛さん？」

「ええ。——知ってるの？」

と、ハンカチで涙を拭う。

「見当はつくわ。それで……」

「私……もう夢中なの。好きで好きでたまらない！」

と、叫ぶように言った。

「そうなのね」

「愛さんのところに、何度も泊ったわ。一緒に寝て、愛された。――私、まるで世界が変ってしまったみたいだった。一度知ってしまったら、もう忘れられない。あんなに……あんなに気持のいい、すてきなことがあるなんて、信じられなかった」

「分るわ」

「大学に行かなきゃ、って思ってても、愛さんに呼ばれると飛んで行ってしまうの。他のことなんか、どうなってもいい、って思ってしまう」

瞳の声は震えていた。

「でも――何かあったのね？　幸せっていうだけなら、私のことだって、思い出さないでしょ？」

「そう……。あのときは……愛さんと抱き合ったり、キスしたりしてるときは、爽香さんのことも頭から消えちゃってる」

「うん。――それで？」

「でも……」

瞳は目をそらして、「この間、目が覚めて、愛さんが寛いでるところへ行ったら……」

苦しげに、瞳は言った。――愛がタバコではないものを喫っていたことを。

そして、瞳にもすすめて来た。

「やってみる？　――そう言われた」

「それで、どうしたの？」

「私……今日は大学に行かなきゃいけないから、って言って……。出て来た……」

「そう」

爽香は安堵した。「それで良かったの。そうするのが良かったのよ」

「まさか……愛さんがドラッグをやってるなんて思わなかった。いえ、あれはマリファナか何かだったと思うけど、そのとき気が付いたの。――化粧机の引出しに、愛さん鍵をかけてるの。何が入ってるんだろう、って思ってた。ときどき、愛さんがこっそり電話してることもあった。たぶん、あれって……何かを買う話だったんだと思う」

「そういうことだったの」

と、爽香は肯いた。

「どうしよう？　私……怖い。今度愛さんにすすめられたら、いやだって言えないような気がする。だって――それで嫌われたら……。もう会ってくれなくなったら……。私、愛さんに会えなかったら、もう……」

苦しげな訴えに、爽香もどう言ったものか、迷った。

「何かあっても、愛さんに呼ばれたら、私、きっと駆けつけるわ。いけないと言われても、きっと……」

瞳は、爽香の手を固く握りしめた。その手に、ポタポタと熱い涙が落ちて来た。

23 紙一重

三ツ橋愛は、車の中で苛立っていた。

右手をハンドルにかけながら、左手はケータイをつかんでいた。

かかって来たら、すぐに出られるように、だ。しかし、ケータイは一向に鳴らなかった。

車を停めているのは六本木の通りで、歩道を若い男女が行き交っている。

夜、十時を回って、一段と人通りが増えたようだ。

「もう……何してるのよ……」

苛々と口の中で呟く。気が付くと、右手の指はハンドルを小刻みに叩いていた。

約束の時間は、もう二十分も過ぎている。あまり長く停めていると……。

歩道へ目をやると、顔見知りの女性タレントが取り巻きを連れて通って行った。車の中を覗きはしないが、目をそらしたり、顔を伏せたりするのは、いやだった。

いつまで待てば——。

　ケータイが鳴った。愛はすぐに出ると、

「遅いじゃないの！」

　と言った。

「そう言わないで下さいよ」

　と、相手は面白くなさそうに、「こっちだって大変なんだ。少しは分ってくれないと……」

「分ってるわ。ごめん。つい——苛々してね」

「あと五分したら、いつもの所で」

「五分ね。じゃ、頼むわよ。現金は用意してるから」

「分ってますよ」

　愛は必ず現金で支払う。そこは向うも信用していた。

　愛はケータイをバッグへ入れると、代りに現金を入れた封筒を取り出して、そばに置いた。品物と代金は、一瞬の内に行き来しなくてはならない。

　五分……。あそこまで二分もあれば行く。待っている三分が長かった。

「行こう」

　車を動かす。——赤信号に変ったところだった。

　愛は舌打ちした。ここの信号は長いのだ。

「早く……。早く……」

と、口の中で呟く。

青信号になり、車を進める。

広い通りから脇道へと曲った。

いつもの所……。

その男の姿を、明りの下に見付けた。ホッと息をつく。

愛は車をゆっくり走らせた。狭い道なので、人と接触でもしたら大変だ。

そのとき、思いがけないことが起った。

その男が突然数人の男たちに取り囲まれた。

え？　――どうしたの？

愛はその光景が理解できずに、そのまま車を進めた。

刑事だ！　やっと気付いたときには、もう数メートル手前まで来ていた。

男が手錠をかけられるのが目に入った。――こんなことって……。

愛は混乱していた。ここにいてはまずい、と頭で分っているのに、体が動かなかった。

男が連行されて行く。そして、刑事の一人が、愛の車に目をとめた。車の方へやって来ると、窓ガラスをトントンと叩いた。

血の気がひく。しかし、あわてて逃げたりしてはいけないと考えるだけの余裕はあった。

　窓ガラスを下ろして、

「何か？」

と言った。

「どこに用事ですか？」

と、刑事が訊く。

「この先です。近道しようと思って」

と、愛は言った。「何かあったんですか？」

連行されて行く男の後ろ姿が見えていた。

「取り締りですよ」

と、刑事は言って、それから愛の顔を覗き込むようにすると、「ああ、三ツ橋愛さんですか？」

「ええ」

「ファンですよ、うちの娘が」

「そうですか。どうも」

何とか笑顔を作った。「行ってもいいですか？」

「どうぞ。狭い道ですからね。気を付けて」

「ありがとうございます」

車を出す。ハンドルを握る手にじっとり汗がにじんでいた。

再び広い通りに出ると、車を停めた。

どっと汗がふき出して来た。

あのとき、品物とお金のやり取りをしていたら、間違いなく逮捕されていただろう。

ハッとした。――ケータイで、あの男と話していた。

この番号が調べられる！　急いで電源を切った。

しかし――どうしよう。

「落ちついて……。落ちつくのよ」

と、自分へ言い聞かせたが、あの男が逮捕される直前に、愛と話していたこと、そして車で通りかかったこと……。

当然、刑事は愛を「買い手」だったと考えるだろう。

「どうしよう……」

マスコミに知れたら、歌手としても終りになるかもしれない。何もかも失ってしまう。

ともかく……。今は帰ろう。

そうだ。――マンションに帰って、部屋にある物を、すべて処分する。そして、もし調べられたら、

「好奇心で、やってみようかと思ったけど、怖くなってやめました」

と言おう。

そして、ひたすら謝る。

「二度と、そんなことは考えません」

「これまで、一度も使ったことはありません」

と言い張る。

あの男が、愛のことを訊かれたらどう言うか？　それは分らない。

しかし、どう言われようと、否定するのだ。

マンションに帰って。――早く帰って、部屋中をきれいに掃除しよう。

何の痕跡も残さないように。

愛は、決して麻薬常用者ではない。ストレスの解消というつもりで、たまに使うぐらいだ。

そうだ。急げばまだ間に合う！

愛は車を出した。

「あなたのおかげ」

と、爽香は言った。「本当に何とお礼を言っていいか……」

「やめて下さい、そんな……」

ベッドで、伽奈は照れていた。「良かったですね。本当の犯人が分って」

もちろん、井田和紀が無事に釈放されたことを言っているのである。

「でも、一度はやったと認めちゃったでしょ。釈放してくれるまで大変だったわ。しかも犯人は死んでるし」

と、爽香は言った。「凶器のブロンズ像に、山沼哲二の指紋があったので、やっと納得してくれたけど」

「あの客が人を殺したなんて……。今考えるとゾッとしますね」

「気に入らないことがあると、暴力を振るうようなタイプだったのね。頭を打ったのは自業自得。でも、その点は伽奈さんの証言が必要かもしれないわね」

「ええ。ずっと気になってたので、この脚や手首が治るときには、スッキリして退院したいです」

「そうね。――伽奈さん、退院したら、またあの仕事に戻るつもり？」

伽奈はちょっと眉を寄せて、

「――分りません」

と言った。「お店もなくなっちゃったわけだし……。でも、他に仕事が見付かるかどうか」

「危いことはやめてね」

「あ、それって爽香さんの方じゃありません？」

「そうか。あやめちゃんが散々しゃべったものね」

と、爽香は微笑んだ。「でも、あなたならきっとビジネスの世界でもやっていけると思うわ」

「本当ですか？　私、何も知らないけど」

と言った伽奈は、病室へ入って来た大津田刑事を見て、「あ、大津田さん！　久しぶりですね」

と、手を振って見せた。

「やあ……。どうも、ごぶさたして……」

と、大津田はいやに堅苦しく、「具合はいかが？」

「少しずつ良くなってますよ。どうしたんですか？」

と、伽奈が訊くと、大津田は突然直立不動の姿勢になって、

「本日は、警察を代表して、心よりお詫びいたします！」

と言ったのである。

伽奈が目を丸くして、

「――どうしたんですか？」

見ていた爽香が、

「あの、注射器を持った男の件ですね？」

と訊いた。

「そうなんだ」

と大津田はため息をついて、「君が山沼公吉と哲二の違いを見分けたのを聞いて、元から哲二と暴力団のつながりを追っていた班が大騒ぎになった。死んだのが哲二だということになると、それまでの捜査が無意味になりかねない。それで――」

と、ちょっと口ごもって、

「ドラッグの密輸グループの中にいた情報提供者に、確認させようとしたんだ。いや、僕は全く知らなかったんだ！」

「はあ……」

「すると、そいつが金に困っていて、逆にこっちの情報を仲間に洩らしてしまった。その代り借金を帳消しにしてくれ、と頼んで。それで、君が正式に証言しない内に、口をふさいで、哲二が生きてることにしようと……。哲二に生きててもらわないと、ドラッグの取引が成り立たなくなるかもしれないってことだったんだ」

「ややこしい話ですね」

と、伽奈が首を振って、「でも――結局、私、生きてるし……」

「本当に良かったよ。杉原さんのおかげで……」

「それはともかく、その男は捕まったんですか？」

と、爽香は訊いた。

「まだです。しかし、すぐに見付かりますよ。仲間にも追われているので、命を守りたければ自首してくるだろうと思います。ともかく――もう君を狙ったりしないから、安心して」

「ええ、分りました」

「じゃあ……。今日はこれで」

と、固苦しいまま、大津田は一礼すると、「早く良くなってくれ。それじゃ……」

「待って」

と、伽奈は体を起こして、「約束はどうなるんですか？」

「約束？」

「治ったらデートしようって言ってくれたじゃありませんか」

「うん。でも――」

「やっぱり、あんな仕事してた女はいやなんですか？」

「そうは言ってないよ。でも、僕のせいで君は危く殺されそうになったわけだから
……」

「待って下さい」

と、爽香は遮って、「後はお二人でゆっくり話して下さいな」

と、大津田を椅子にかけさせた。

「爽香さん！」

「また来るわね。大津田さん、ちゃんと話し合って、結論を出して下さいね」

そう言うと、爽香はさっさと病室を出て行った……。


寒空の下でも、待つことは少しも苦にならなかった。

体の奥から燃え立つ火が、瞳の全身を熱くほてらせていた。

これから自分を待っている陶酔のひとときを思うと、冷たい風はむしろ心地良くさえあったのだ。

車が見えた。――来てくれた！　今日も約束通りだ。

二十分近く遅れはしたが、三ツ橋愛の車は、瞳の通う短大の近くの並木道をやって来て停った。

「――ごめんね、待たせて」

と、愛は助手席に座った瞳に言った。

「いえ、大丈夫です」

と、瞳は首を振って、「愛さんこそ、仕事は大丈夫なんですか？　私は嬉しいけど」

先々までスケジュールの入っている愛が、こうして急に瞳を呼び出すのは珍しいことだ。

「少しね、仕事をキャンセルしたの」

車を出しながら、愛は言った。

「キャンセル？　珍しい！　どこか——体調でも良くないんですか？」

心配になって、瞳は愛の横顔を見つめた。

「そうじゃないの」

と、愛は首を振って、「でも——少しはそれに近いかな」

「それって……」

愛はそれ以上何も言わずに車を走らせていたが——。

やがて車を停めたのは、私鉄の駅の少し手前だった。小さな駅なので、駅前にもほとんど店らしいものはなく、人の姿もなかった。

「無人駅なのね」

と、愛は言った。「悪いけど、ここから電車で帰ってくれる？」

「え？　愛さん……」

瞳が面食らっていると、

「もうこれきり会わないわ」

と、愛は前方を見つめたまま言った。

「そんな……。私、何かしました？」

「いいえ。これ以上私と会ってると、瞳ちゃんのためにならないの」

「でも……」

「知ってるでしょ、私が……やっちゃいけないものに手を出してること」

「あのタバコとか……」

「他にもよ。一つ使えば、もっと強いもの、もっと刺激的なもの、ってはまってく」

「やめて下さい。やめればいいんでしょ」

「そうはいかないの。いつも私がクスリを買ってた男が捕まった。その男のケータイに、私の着信記録が……。昨日ね、警察に呼ばれて……。隠しようがなかった。向うはちゃんと承知してたわ。私のことも、大分前から監視してたらしい」

「そんな……」

「あなたのことも知ってる。でも、あなたは使ってないって言ったわ。向うも信じてくれた」

「愛さん……」

「私の知ってること……。ミュージシャンの仲間で、クスリに手を出してるのは誰かとか、どこで買ってるか、とか……。捜査に協力したら、私のことは公表しないと言われた」

「それで……」

「でも、週刊誌やマスコミが、いずれかぎつけてくるかもしれない。だから、しばらく活動を休止するの。どこかで、身を隠して、ほとぼりが冷めるのを待つわ」

愛は瞳を見て、「分るでしょ？　あなたを巻き込みたくない。こんなことで名前が出たら、あなたは退学になる」

「そんなこと！　愛さんのそばにいたいんです！　力になりたい！」

「ありがとう。でも、もう無理。一旦、何もかも断ち切らないと。――私はまだ中毒ってところまで行ってないけど、それでもやめるのは大変よ。さあ、車を降りて」

「愛さん……」

「元気でね。私みたいな女に引っかかっちゃだめよ」

瞳が降りると、車は急発進して、たちまち見えなくなった。

瞳は、呆然と立ちすくんで、

「愛さん……」

と呟いた。

24 影の声

打合せは長引いた。

夜、七時前には終ると思っていたのだが、結局打合せの相手が席を立ったのは、八時になろうとするところだった。

「――参りましたね」

と、あやめが言った。

「お役人って、どうしてああなんだろ」

つい、爽香もグチが出る。「二言目には、『もしうまく行かなかったときには誰が責任を取るんですか？』だものね」

実際、まだ本決りにもなっていない計画について、「失敗したとき」の話が真先に出てくるのは、爽香の理解を超えていた。

「私が感心するのは、あの人たち、お腹空かないのかしら、ってことです」

と、あやめが言ったので、爽香も急にお腹が空いて来た。

打合せはホテルのラウンジだった。

「じゃ、何か食べて帰ろうか」

「いいですね！」

「ご主人はいいの？」

「今日は何だかの賞の選考会だそうです」

二人はホテルの中の、カジュアルなレストランに入って、席につくと、一緒に、

「あ、ケータイ、切ってた」

と、電源を入れた。

役人と同席しているときは、ケータイが鳴らないようにしておかないといけない。何がきっかけで機嫌を悪くするか分らないのだ。

「――あら、何かしら」

爽香はケータイに何回も着信があるのに気付いた。「涼ちゃんと――お母さんからもだわ。ちょっとごめん」

急いでロビーへ出て、母のケータイにかけた。

「爽香、今、どこにいる？」

「どうしたの？　何回もかけて来て」

「瞳ちゃんが――」

「瞳ちゃん？　どうしたの？」

三ツ橋愛との関係に悩んでいることを知っていたので、爽香は緊張した。

「何だかよく分らないの。突然、『もう家に帰らない』ってメールをして来て」

「メール？　じゃ、直接話してないのね」

「かけても出ないし、どうしようかと思って……」

爽香が少し黙っていると、母が、「――爽香、何か心当りがあるの？」

「お母さん、少し待って。何か分ったら連絡するから」

「お願いね。瞳ちゃんを無事に――」

「うん。少し待ってて」

爽香は、一旦切ると、少し考えていたが、瞳から聞いていた番号に発信した。

しばらく呼び出した後で、

「――どなた？」

と、用心した口調で出たのは――。

「三ツ橋愛さんですね。杉原爽香と申します」

「杉原……。ああ、分りました。瞳ちゃんの……」

「瞳ちゃんと今日会われましたか？」

「え？　何か……あったんですか？」

「家へ帰っていないんです。もう帰らない、というメールが来ていて。ご存知でしたら、教えて下さい」

一刻を争うことになるかもしれないのだ。その切羽詰った気持は伝わったようだった。

「今日、瞳さんに会って――もう会わない、と言いました……」

と、愛は言った。

そうだわ。――やっぱり、もう生きていたって仕方がない。

瞳は、愛を恨んで死のうとしているわけではなかった。愛が瞳の身を案じて別れて行ったことで、充たされていた。

瞳は幸せだった。だからこそ――別れた悲しみ、会えない苦しみを味わうよりも、幸せの中で死のうと思ったのだ。

ただ――どこで、どうやって死のう？

あの小さな無人駅には、死ねるような場所はなかった。電車に飛び込むのはいやだった。

後で、爽香さんやおばあちゃんが嘆くだろう……。

瞳は、駅前に、すっかり古くなった駅周辺の地図を見付けた。遠くない所に川が流れていた。そこだったら……。

駅の辺りで、何時間も過して、もう暗くなっていたが、見当をつけて歩いて行くと、途中から流れる水の音が聞こえて来た。

地図で見た感じよりも小さな流れだったが、深さはありそうで、しかも流れは速かった。古い木造の橋がかかっている。

ここから飛び下りるのは簡単だろう。

愛さん……。幸せだった。ありがとう。

瞳は、最後に愛にあててメールを送った。

あなたと会えて、本当に良かった……。

気持は、もう「死」へと向っていた。ためらう余裕のない内に、瞳は橋から身を投げようとした。

「やめるんだ！」

鋭い男の声がして、瞳はギョッとした。誰かがそばに来ているとは全く気付かなかった。——暗い中、その男は黒い影にしか見えなかった。

「放っておいて下さい。私とは係りのない方に——」

「知ってるとも。杉原瞳だろ」

「え……。どうして私を？」

「よく知ってる。お前が小さいころからな」

「どなたですか？」

「俺が誰かはどうでもいい。杉原爽香の知り合いとだけ言っとく」

「爽香さんの？」

「お前にとっても、大切な人だろう」

「ええ……。でも……」

「彼女にとっては、お前が生きていることが大切なんだ。今、お前が死んだら、彼女は一生悔むだろう。なぜ分ってやれなかったのか、とな」

「爽香さん……」

「彼女を苦しめたいか」

「いいえ」

「それなら、生きていろ」

「でも……生きていたら、きっと私、また馬鹿なこととして、人を苦しめるわ」

「人はそういうものさ」

と、その声は言った。「人から受け取ったプラスと、失ったマイナスで帳尻が合うようにできている。人の生命《いのち》についちゃ、俺はよく知ってるんだ」

「人の生命《いのち》……」

瞳の体から、張りつめていたものが流れ出て行くようだった。死へと向う足は止っていた。

そのとき、駆けてくる足音がした。

「――瞳ちゃん！」

「爽香さん」

「良かった！　ここにいたのね」

爽香は苦しい息をして、「愛さんと、そこの駅で別れたと聞いて……。間に合って良かった！　――身を投げるつもりだったの？」

「ええ……。でも、男の人が――」

「男の人？」

「そこにいる人」

と、瞳が振り向くと、そこにはもう暗闇だけがあった。

「その人が……」

「止めてくれたの。爽香さんのことを知ってる、って言ってた」

少し間があって、

「――そう。誰かしらね。でも今は帰りましょう。みんな心配してる」

と、爽香は瞳の肩を抱いた。

「うん……」

あの駅の所に、車が待っていた。明男が運転して来たのだ。

「いたのか！　良かったな」

と、車から降りて、明男が言った。「爽香、お母さんに——」

「ええ。連絡するわ。すぐに連れて帰るってね」

「爽香さん。お願いがあるの」

「なあに？」

「私、お腹が空いてるの。帰る途中で何か食べさせて」

爽香はちょっと笑って、

「そう言えば、私も食べそこなったままだったわ」

と言った。「食べることは、生きるってことね！」


その電話は、昼休みの終り近くにかかって来た。

「やあ」

という声で、すぐに分った。

「中川《なかがわ》さんですね。ありがとう」

「お前の駆けつけて来るのが遅かったから、柄にもない説教をしなきゃいけなかったぜ」

「あの子はもう大丈夫です」

と、爽香は言った。「でも、中川さん。どうして瞳ちゃんのことを――」

と言いかけて、やめると、

「何も訊きません。ともかく、ありがとうとだけ……」

「それでいい。ま、これからも大変だろうが、それがお前の役回りだ。達者でな」

「あの――そちらはお元気なんですか?」

「ああ。しかし、俺ももう五十過ぎだ。そろそろ引退しようかと思ってる」

「結構ですね。そのときは知らせて下さい。ささやかにお祝いでも……」

――もう切れていた。

「コーヒーをいれてくれ」

中川は〈ラ・ボエーム〉のテーブル席で、増田に言った。増田がすぐにコーヒーを運んで来て、中川の前に置いた。

「お前が、あいつと瞳って子の話を録音しといてくれて良かったよ」

「お役に立てば幸いで」

と、増田は言った。「でも、中川さん、ちょっと浮かない顔ですね」

「そんなことないさ。――旨いコーヒーだ」

三ツ橋愛が、あれ以上ドラッグにはまれば、瞳も巻き込まれただろう。それを防ぐために中川はあの売人を、いわば警察へ「売った」のだ。その組織が、中川への恨みを晴らしに来るかもしれない。

　そのときはそのときだ。――中川はゆっくりと、こくのあるコーヒーを飲んだ。

　思いがけない客が、応接室で待っていた。

「――どうも、その節は」

と、爽香は挨拶して、「その後のことは、詳しく聞いてませんが……」

「みっともない話ですよ」

と言ったのは、山沼伸子だった。「亡くなっていない息子の公吉のお葬式を出したり、哲二は色々、とんでもないことを……。本当に恥ずかしい」

と、ため息をついて、

「でも、時がたてば……。公吉は貿易の仕事に本気で打ち込むと言っています。子供も生まれるようですしね。いずれ、みんな忘れてくれるでしょう」

「それで奥様……。何のご用でおいでになったんですか？」

と、爽香が訊くと、

「あなたにお礼がしたくて」

「そんな……。私は大したことは――」

「いいえ。あなたは決して頑なではないけれど、筋は通す。公吉や郁子に――いえ、主人にも見習わせたいと思っています」

「私はただの会社員です。確かに少々変った経験もして来ましたが……」

「他から聞いたんです。こちらの〈G興産〉が来年創業五十周年とか。あなたがその記念行事を任されていると」

「よくご存知で」

「それに何かお力になれないかと思って。主人も私の言うことなら聞きますし、公吉も海外とのルートを持っています。もし、何かお考えのことがあれば……」

爽香は、ちょっとの間黙っていたが、

「――そんなことでお言葉に甘えてしまっていいのでしょうか」

と言った。

「もちろんです」

「でしたら……。これから一緒に社長に会っていただけますか」

「ええ、構いません」

「私、考えていたことがあるんです」

爽香は立ち上って、「社長室へご案内します！」

と言うと、応接室のドアを勢いよく開けた。

解説

山前《やままえ》 譲《ゆずる》
（推理小説研究家）

失業して二か月、井田和紀《いだかずき》の心は荒《すさ》んでいました。まだ四十七歳ですが、次の仕事は見つかりません。持病があって働きに出ることが難しい、妻の尚子《なおこ》を気遣うこともできないのです。娘の梨花《りか》は両親がうまくいっていないことを知って、自分の力で大学に通っていました。

そんなとき、かつて同僚だった女性とバッタリあったのです。食事をし、酒を飲んで、そのあと……流れで自宅マンションに連れ込んだところを、尚子に見つかってしまいました。夜中、近くの公園をフラフラしていると、さすがに自責の念に駆られます。ともかく仕事を捜そう。そんな思いでマンションに帰ると、パトカーと救急車が停まっているではないですか。出会った隣家の奥さんが言うには……。

この『焦茶《こげちゃ》色のナイトガウン』は、いつものように事件から始まります。もちろん、そうではない時もありますが、シリーズ第一作である『若草色のポシェット』から杉原《すぎはら》爽香《さやか》の人生に寄りそってきた読者なら、これまでなにかしらの事件が爽香の日常を乱してきたことは分かっているに違いありません。

そして、井田和紀にとんでもない事態が迫った冒頭から一転、場面は杉原家の日常に移ります。朝、爽香が目覚まし時計で起きました。土曜日ですが、のんびりするわけにはいかなかったのです。部下の久保坂《くぼさか》あやめと会う用事があったからでした。

ひとり娘の珠実《たまみ》には学校があります。爽香が用意していますが、土曜日の朝食はトーストとオムレツに決まっている……決まっている！　これは杉原家のトリビアのひとつと言えるかもしれません。そして明男《あきお》にはスクールバスの運転手という仕事が、今日もあるのです。そんな杉原家の和やかな雰囲気に接していると、どこかホッとしませんか？　まさに癒やしのひとときです。

珠実は十一歳になりました。まさにおしゃまな女の子です。トーストを食べながら、「お母さん、せっかちなんだから」と生意気な、いや失礼、的確な指摘をしたりしています。四十七歳になった爽香にも、こんな穏やかな日常がたまにはあるのでした。ですが、その貴重な日常をＴＶのニュースが乱してしまうのです。それはある殺人事件を報じたものでしたが、逮捕された井田和紀と高校で一緒だったことに爽香は気付くのでした。

そして夫と娘を送り出したあと、杉原家の電話が鳴ります。留守番電話にしていましたが、メッセージが吹き込まれました。「杉原爽香さんのお宅でしょうか。私、井田和紀の娘で、井田梨花といいます」――かくして（当然の如く？）、爽香はまたまた犯罪の渦中に飛び込むことになるのです。

この『焦茶色のナイトガウン』は爽香の周りに邪悪さを秘めたいくつかの物語が交錯しています。

ひとつはもちろん井田和紀を巡ってのものです。公園で思い悩んでいるあいだに、妻が殺されてしまいました。もちろん自分は犯人ではありません。公園ですれ違ったホームレスの男が、アリバイを証明してくれるのではないだろうか。しかし、その目撃者を探し出すのは至難の業でした。それでも、井田の娘の梨花は父のために奔走するのです。

もうひとつの「事件」は繁華街の風俗店で起こっています。営業中に火災が発生しました。そこで働いていた伽奈《かな》は同僚の美幸《みゆき》と二階建てのアパートに逃げます。しかし、そこにも火の手は迫ってくるのでした。やむなく伽奈は美幸を窓から投げ落として――。

それを身を挺して受けとめたのが爽香でした。伽奈のほうはといえば、受けとめる人もなく、かなりの怪我を負ってしまいます。ところがその風俗店で、男の死体が発見されたのです。しかも焼死ではありませんでした。頭部を殴られたのが致命傷でした。一方、辛くも助かった美幸にトラブルが……。

その風俗店での事件から派生していくのが、国会議員の山沼大樹《やまぬまだいき》の一族の確執です。別居している妻の伸子《のぶこ》、貿易の仕事をしている長男の公吉《こうきち》、その双子で闇の組織と縁の深い次男の哲二《てつじ》、ニューヨークでミュージシャンをしている長女の郁子《いくこ》……。警察は風俗店で殺されたのが公吉と判断します。そしてなんと爽香もまた山沼一族と接点があったのでした。ますます事件から逃れられない爽香です。

爽香の胸を最も痛めたのは、亡き兄の次女である瞳《ひとみ》をめぐるトラブルでしょう。短大の声楽科に通っている彼女が、コーラスのアルバイトをしたとき、人気歌手の三ツ橋《みつはし》愛《あい》に気に入られました。「私のツアーに、ずっとついて来てくれない？」――もちろん学生である瞳には無理でしたが、それから愛はなにかと声をかけてくるのです。その愛の周辺に漂う怪しい雲に、いつしか瞳も巻き込まれていくのでした。

『若草色のポシェット』から三十数年、シリーズに馴染んだ読者にとってはこんな混迷した事態には驚かないかもしれません。爽香の性格は熟知していることでしょう。彼女ならきっと何とかしてくれる……。この四十七歳の事件では、とりわけそんな心強いキャラクターが印象づけられているような気がします。

「分ってる。お節介なのは、一生変らない」や「本当に困ったときには、ふしぎと誰かが助けてくれるんです」といった爽香自身の発言には納得するでしょう。あるいは「君は、他の人間がどう言ったって、やりたいようにやるだろ。それでいいんだ」や「TV

局の人が言ってましたけど、爽香さんには人を幸せにする熱い思いがあるんだって」のような他者の発言には、大きく肯《うなず》くことでしょう。

　そして、まるで爽香のキャラクターに感化されたかのように、ここには「優しさ」が満ちています。伽奈は入院していながら、仕事先で僅かな接点しかなかった美幸のことを気にかけています。

　殺人の容疑がかかった父を助けようとする梨花がみせる優しさは、ただその汚名を雪《すす》ぐためだけではない、彼女の心根がにじみ出ているのではないでしょうか。そして欲望と策謀が渦巻く山沼一家のなかにさえ、「優しさ」が秘められているのです。その「優しさ」の連鎖が事件を解決に導いていくのです。

　そんな「優しさ」と邪悪な意志が交錯するなかで、いつものようにお節介をつづける爽香の夕食の場面が後半に登場しています。一家三人が揃っての、これもまた和やかな風景です。爽香が珠実に「もっとご飯食べる?」と声をかけると、珠実は「太るからいらない」と応えました。

　それを受けて明男が、「おい、今からやせることなんか考えるなよ」と言います。それだけなら良かったのですが、「お母さんを見ろ。ちっともやせてないけど、魅力的だろ?」と――これはやはり明男の勇み足でしょうが、爽香についての貴重な情報を得ることができます。

朝食の場面とともにここでも杉原家の羨ましい日常が垣間見えますが、仕事に、そして事件に関わっているなかでのその日常がいかに大切なことかは、一作ごとに暦通り一年が経過しているこのシリーズで、これからますます強調されていくような気がします。

『焦茶色のナイトガウン』は二〇一九年から翌二〇二〇年にかけて「女性自身」に連載されましたが、二〇二〇年の「日常」ではまずあり得ないことがそこかしこに描かれているのに気付く人は多いのではないでしょうか。爽香のシリーズは日本社会をリアルタイムに反映してはきませんでしたが、さすがの爽香でもなすすべのない事態が日本社会を襲う直前の物語であることは間違いありません。この一作はある意味でシリーズのターニングポイントとなることでしょう。

そして爽香の仕事も大きなターニングポイントを迎えつつあります。今、〈G興産〉の五十周年を記念するさまざまな仕事に携わっているのですが、来年がその五十周年なのです。計画と実行は爽香の責任です。それは大変そうです。爽香といえども不安はぬぐえません。

ですが、これまでの人生で関わってきた人たちが、爽香をいつも見守ってくれています。爽香が大切に思っている人も、です。それは四十七歳になった彼女が育《はぐく》んできた大きな財産でしょう。どんな困難に直面しても、その爽香を思い浮かべれば前に進むことができるのではないでしょうか。

初出
「女性自身」（光文社）
二〇一九年　一〇月一五日号、一一月一九日号、一二月一七日号
二〇二〇年　一月二八日号、二月一八日号、三月一七日号、四月二一日号、五月二六日号、六月一六日号、七月二一日号、九月一日号、九月一五日号

光文社文庫

文庫オリジナル／長編青春ミステリー

焦《こげ》茶《ちや》色《いろ》のナイトガウン

著者　赤《あか》川《がわ》次《じ》郎《ろう》

2020年9月20日　初版1刷発行

発行者　鈴木広和
印刷　萩原印刷
製本　ナショナル製本

発行所　株式会社　光文社
〒112-8011　東京都文京区音羽1-16-6
電話（03）5395-8149　編集部
8116　書籍販売部
8125　業務部

落丁本・乱丁本は業務部にご連絡くだされば、お取替えいたします。
ISBN978-4-334-79078-3　Printed in Japan

組版　萩原印刷